El Sueño Chino

El Sueño Chino

MA JIAN

Traducción de
Cruz Rodríguez Juiz

LITERATURA RANDOM HOUSE

Penguin
Random House
Grupo Editorial

Título original: *China Dream*

Primera edición: febrero de 2022

© 2018, Ma Jian
Reservados todos los derechos
© 2022, Penguin Random House Grupo Editorial, S. A. U.
Travessera de Gràcia, 47-49. 08021 Barcelona
© 2022, Cruz Rodríguez Juiz, por la traducción

Printed in Spain – Impreso en España

ISBN: 978-84-397-3790-2
Depósito legal: B-18.802-2021

Compuesto en La Nueva Edimac, S. L.
Impreso en Unigraf (Móstoles, Madrid)

RH37902

A George Orwell, que lo predijo todo

ÍNDICE

PRÓLOGO

En noviembre de 2012, a las dos semanas de ser nombrado secretario general del Partido Comunista de China y pocos meses antes de ser investido presidente, Xi Jinping visitó el Museo Nacional de China, una enorme estructura estalinista magníficamente restaurada en el lado oriental de la plaza de Tiananmén de Pekín, justo enfrente del Mausoleo de Mao. Acompañado por otros seis miembros de traje negro y rostro inexpresivo del Comité Permanente del Politburó, Xi Jinping recorrió «El camino al rejuvenecimiento», una gran exposición que abarca la historia moderna de China desde la primera guerra del Opio, en 1839, hasta la actualidad. Sala tras sala, fotografías y objetos describen la humillación de China en manos del poder colonial, la fundación de la República Popular en 1949 y el subsiguiente progreso del país bajo el gobierno del Partido Comunista. Pero en ningún lugar del inmenso espacio de la exposición se hace mención de las catástrofes ocasionadas por el presidente Mao y sus sucesores, tales como el Gran Salto Adelante, una temeraria campaña que buscaba transformar China en una utopía comunista y que provocó una hambruna que costó más de veinte millones de vidas; la psicosis colectiva de la Revolución Cultural que sumió China en una década de violencia callejera, caos y estancamiento; y la matanza de pacíficos manifestantes en favor de la democracia en las calles aledañas de la plaza de Tiananmén en 1989. En este museo, y en las librerías y aulas fuera de él, la historia china a partir de 1949 se ha blanqueado y reducido a un feliz y anodino cuento de hadas.

Al término de la visita, Xi Jinping presentó su «Sueño Chino de rejuvenecimiento nacional», prometiendo que el régimen comunista conduciría a una mayor riqueza económica y devolvería a China a sus glorias pasadas. Desde entonces, este eslogan vago y nebuloso ha cimentado el gobierno. Como los déspotas que le precedieron, Xi Jinping ha afianzado su control del poder suprimiendo la información sobre el infierno desencadenado por el comunismo y prometiendo un paraíso futuro. Pero las utopías siempre conducen a distopías y los dictadores invariablemente se convierten en dioses que exigen adoración diaria. Mientras escribo, el obediente Parlamento chino ha eliminado los límites de los mandatos presidenciales, con lo que Xi Jinping podrá seguir siendo presidente de por vida. El torpemente titulado «Pensamientos de Xi Jinping sobre el socialismo con características chinas para una nueva era» ha quedado consagrado en la Constitución. Y recientemente el ministro de Educación ha anunciado que los «Pensamientos de Xi Jinping» se incorporarán a los libros de texto, las aulas y «los cerebros de los estudiantes».

Los tiranos chinos nunca se han limitado a controlar la vida de la gente; siempre han perseguido penetrar en la mente de las personas y remodelarla desde dentro. De hecho, fueron los comunistas chinos de la década de 1950 quienes acuñaron la expresión «lavado de cerebro» (*xinao*). El Sueño Chino es otra bella mentira pergeñada por el Estado para borrar los recuerdos tenebrosos de las mentes chinas y reemplazarlos por pensamientos más alegres. Décadas de adoctrinamiento, propaganda, violencia y falsedades han dejado al pueblo tan aturdido y confuso que ha perdido la capacidad de distinguir la realidad de la ficción. Se ha tragado la mentira de que los líderes del Partido y no el vasto ejército de trabajadores mal pagados son responsables del milagro económico del país. El feroz consumismo alentado durante los últimos treinta años y que, junto con el nacionalismo exacerbado, ocupa el centro del Sueño Chino está convirtiendo a los chinos en niños grandes a los que se alimenta, viste y entretiene, pero sin derecho a recordar el pasado ni a hacer preguntas.

No obstante, la obligación del escritor es sondear en la oscuridad y, por encima de todo, contar la verdad. He escrito *El Sueño Chino* movido por la rabia contra las falsas utopías que han esclavizado e infantilizado China desde 1949 y para recordar el período más brutal de su historia reciente –la fase de «lucha violenta» de la Revolución Cultural– ante un régimen que insiste en ocultarlo. El libro está lleno de absurdidades, tanto inventadas como reales. En la China actual existen por ejemplo Agencias para el Sueño Chino, Clubes Nocturnos de la Guardia Roja y ceremonias masivas de aniversarios de boda para parejas octogenarias. La Sopa del Sueño Chino y los implantes neuronales son, por supuesto, fruto de mi imaginación. En mi empeño por expresar una verdad literaria superior, mis novelas siempre han fundido ficción y realidad.

Escribí mi primer libro, una meditación literaria sobre el Tíbet titulada *Saca la lengua*, hace treinta años. A las pocas semanas de publicarse, el gobierno la calificó de «contaminación espiritual» y ordenó retirar todos los ejemplares y destruirlos. Desde entonces, ha prohibido cada una de las novelas que he escrito en la China continental. Mi nombre se excluye de las listas oficiales de escritores chinos y los compendios de literatura china; ni siquiera se me puede mencionar en la prensa. Y, lo que es peor, desde hace seis años el gobierno me niega el derecho a regresar. Pero yo continúo con lo mío, «escribir, escribir, escribir», como el padre del protagonista de *El Sueño Chino*. Continúo refugiándome en la belleza del chino y lo empleo para desenterrar recuerdos de la amnesia impuesta por el Estado, para ridiculizar y burlarme de los déspotas chinos y solidarizarme con sus víctimas sin perder de vista que en las funestas dictaduras la mayoría de las personas son al mismo tiempo opresores y oprimidos. El exilio es un castigo cruel. Pero vivir en Occidente me permite ver a través de la niebla de mentiras que envuelve mi país y crear la única literatura que me interesa: la que expresa de forma plena, sincera y libre la imagen del mundo de un escritor.

Y pese a todo, no he sucumbido completamente al pesimismo. Todavía creo que la verdad y la belleza son fuerzas trascendentales que sobrevivirán a las tiranías humanas. Espero que cuando mis hijos tengan mi edad puedan comprarse mis novelas en las librerías chinas. Y, lo que es más importante, espero que el Partido Comunista de China, que ha encarcelado las mentes y maltratado los cuerpos de los chinos durante casi setenta años, y cuya creciente influencia comienza a corromper las democracias del mundo, quede relegado a las polvorientas salas de exposición del Museo Nacional. Cuando llegue ese día, espero que el pueblo chino sea capaz de enfrentarse a las pesadillas del pasado, decir la verdad tal cual la vea sin miedo a represalias y perseguir sus propios sueños, con la mente y el corazón liberados.

MA JIAN
Londres, marzo de 2018

ATURDIDO POR SUEÑOS PRIMAVERALES

En el instante en que Ma Daode, director de la recién creada Agencia para el Sueño Chino, se despierta de la siesta, descubre que su yo adolescente con el que acaba de soñar no ha desaparecido, sino que está de pie delante de él. Es una tarde de finales de primavera y ha estado dormitando en la silla giratoria, encorvado y con la panza comprimida formando grandes michelines. Es la indicación más clara hasta la fecha de que los episodios de ensueños del pasado, enterrados al fondo de su memoria, vuelven a asomar a la superficie.

«Qué sueño tan negativo, no me ha generado ninguna energía positiva —farfulla malhumorado—. Culpa mía por dormirme en la silla.» Ha bebido demasiado en el almuerzo y se ha dormido sentado al escritorio antes de tener ocasión de echarse, o sea que todavía tiene la mente abotargada. La puerta que hay a su espalda conduce a un dormitorio privado con baño, un privilegio de cuatro estrellas reservado a los líderes de la jerarquía municipal. Su despacho está en la quinta planta.

El pergamino que cuelga junto a la puerta contiene un verso: SUEÑO QUE LA PUNTA DE MI PINCEL FLORECE, escrito o, mejor dicho, compuesto por el alcalde Chen el mes pasado durante la inauguración oficial de la Agencia para el Sueño Chino. El alcalde Chen acostumbra a cobrar grandes sumas por escribir poemas en pergaminos en las reuniones oficiales, pero en esta ocasión aceptó limitarse a recitar el verso y permitir que Ma Daode lo transcribiera después. Ma Daode no ha alcanzado el mismo nivel de fama literaria. El año pasado autopublicó mil ejemplares de su colección de ensayos *Moralejas para el mundo moderno*, quinientos de los cuales siguen amontonados, sin venderse, dentro del armario que tiene detrás.

Ahora que los recuerdos de infancia han empezado a escaparse de la botella, Ma Daode, que creció durante la Revolución Cultural y es un alto funcionario encargado de promocionar el gran Sueño Chino que reemplazará a todos los sueños privados, tiene miedo de poner en peligro su trabajo. Su yo pasado y su existencia presente son tan antagonistas como el fuego y el agua.

En la reunión de esta mañana se ha dejado llevar. «Nuestro nuevo presidente, Xi Jinping, ha presentado su visión del futuro —les ha dicho a los veintisiete miembros del personal convocados—. Ha invocado un Sueño Chino de rejuvenecimiento nacional. No es el sueño egoísta e individualista que persiguen los países occidentales. Es un sueño del pueblo, un sueño de toda la nación, unidos todos como un solo ser con una fuerza invencible. Se nos exhorta a avanzar con voluntad indomable. Nuestro trabajo, en esta Agencia, es garantizar que el Sueño Chino penetre en los cerebros de todos los habitantes de la ciudad de Ziyang. Tengo claro que si el Sueño Chino común ha de impregnar por completo las mentes, primero habrá que borrar todos los recuerdos y sueños particulares. Y yo, Ma Daode, me presento voluntario para ser el primero en lavarme el cerebro. Propongo que empecemos inmediatamente a desarrollar un implante neuronal, un microchip minúsculo, que podríamos llamar Dispositivo para el Sueño Chino. Cuando esté listo el prototipo, me lo insertaré en la cabeza, así, y cualquier sueño que me quede del pasado se desvanecerá…». Acto seguido, se ha levantado y ha imitado el gesto de meterse el microchip por la oreja. Solo ahora, tras ver su yo pasado ante sí, intuye los problemas que podrían provocar los recuerdos recuperados.

HOLA, SR. SUEÑOS VERDES, UN ACERTIJO PARA TI, lee, ojeando un mensaje de Yuyu, su amante. «UN PIMPOLLO ABRE LOS OJOS. UN NIÑO DUERME BAJO UNA CASA. SE ABRE UN AGUJERO EN TU CONCIENCIA. EL SOL SE PONE TRAS UN CONEJO HERIDO». ¿ADIVINAS QUÉ VERSO FAMOSO OCULTA? Cual sapo asomando de una charca, el director Ma levanta la vista con los ojos saltones y chispeando de excitación. Tal vez no haya alcanzado el reconocimiento literario del alcalde Chen, no obstante, es vicepresidente de la Asociación de Escritores de Ziyang y se ha granjeado cierta atención gracias a los aforismos que cuelga en internet, de modo que el acertijo no debería superarle. Efectivamente, en cuestión de segundos descubre la palabra oculta en los caracteres de cada frase y responde: CUÁNTO LAMENTAN NO HABERSE CONOCIDO ANTES.

Su secretario, Hu, un hombre callado de mediana edad algo más calvo que él, entra en el despacho.

—He invitado a la Asociación de Discapacitados a la reunión del Partido de esta tarde, director Ma —dice inexpresivo—. ¿Quiere que haga algo más?

El director Ma siempre elige hombres como secretarios para evitar las relaciones románticas entre colegas cercanos, consciente de la máxima según la cual «los conejos no deben comerse la hierba de cerca de la madriguera». Sin embargo, en su último puesto como subdirector de la Oficina de Civismo, Yuyu, que acababa de dejar la Universidad de Pekín, se presentó a una entrevista y él quedó tan prendado de su belleza que no pudo resistirse a contratarla como ayudante personal. Es un alivio que ya no trabajen en la misma oficina. Cuando lo ascendieron a la Agencia para el Sueño Chino, ocupó su anterior cargo un antiguo compañero de clase, Song Bin. A comienzos de la Revolución Cultural, en 1966, Song Bin y él treparon juntos a los postes de telégrafos para lanzar panfletos políticos al patio del colegio, encerraron al director en su despacho y se hicieron con el control de la megafonía de la escuela. Pero al año, cuando la unidad revolucionaria inicial degeneró en el caos de facciones de la lucha violenta, terminaron en bandos opuestos y la amistad se desmoronó. Por suerte, Song Bin, con su cara de mono, tiene más amantes de las que puede manejar, así que no es probable que le robe a Yuyu.

—Invita también al jefe de la Unidad de Seguimiento de Internet —le dice Ma Daode a Hu, guardándose el móvil en el bolsillo—. Pronto se fusionarán con la Agencia y debemos tenerlo al corriente. —Exhala despacio y nota que el aliento a alcohol le impregna el pelo.

—Pero no es miembro del Partido.

Hu se incorporó al gobierno municipal hace seis años tras una larga carrera de profesor de secundaria. Es el encargado de redactar los informes sobre los avances que se mandan dos veces al día al Comité del Partido Municipal.

—Pero ya ha presentado la solicitud para afiliarse.

Mientras Ma Daode habla, reaparece el adolescente del sueño y ve… *Eslóganes rojos por doquier. Jóvenes entusiastas desfilando en procesión con las caras teñidas de rojo por un mar de banderas rojas. A su madre en una punta de la cama tejiendo un jersey rojo con un brazalete rojo prendido a la manga, y con el mismo aspecto que las mujeres que se congregan en los parques con sus vestidos rojos para cantar «canciones rojas» de la Revolución Cultural.* Ma Daode trata de espantar esas imágenes con la mano.

—Encárgate de grabar la reunión, Hu —añade—. Haré algunos anuncios importantes. —Le preocupa que justo cuando se dispone a presentar los nuevos proyectos del Sueño Chino, ensueños del pasado enturbien su mente.

—Sí, lo grabaré todo en el móvil —dice Hu, impasible. Su cara de póquer y su actitud reservada y silenciosa harían de él el espía perfecto. Ma Daode siempre se siente incómodo en su presencia. Hu casi no habla y Ma Daode siempre tiene la impresión de que oculta algo, o que le falta algo a su personalidad.

El teléfono del cajón vibra. CUANDO SOPLA EL VIENTO, SOY YO DESEANDO ESTAR CONTIGO; CUANDO RUGE EL TRUENO,

SOY YO GRITANDO TU NOMBRE. Lee el mensaje, apaga el móvil y dirige la mirada hacia la foto enmarcada de la familia que tiene en el escritorio, en la que él aparece a la izquierda con una camiseta blanca y su mujer a la derecha con un vestido de algodón rojo y, entre ambos, su hija de doce años, Ming, que ahora ya tiene veinte y está estudiando en una universidad de Inglaterra. El mensaje que acaba de recibir era de Changyan, una joven maestra de guardería aficionada a escribir literatura en internet.

Ma Daode se frota la barbilla y mira hacia el patio enorme, que están pavimentando con losetas de piedra caliza. Nunca había sufrido semejante confusión mental. Se pregunta si el concurso de «canciones rojas» que organizó hace poco habrá removido los recuerdos del pasado. Se acuerda de una fotografía de cuando era pequeño, de pie entre sus padres, vestido de marinero. Como su madre llevaba el qipao tradicional, su hermana tenía miedo de que acusaran a la familia de burguesa y por tanto escondió la fotografía durante años. Hasta el Festival de Primavera de este año, cuando por fin ella se atrevió a sacarla y mandarle una copia escaneada por mail.

La semana pasada, Ma Daode colgó dos fotos en WeChat. En la primera aparece junto a otros once adolescentes frente al Templo de la Luz de Buda en Yaobang, adonde los enviaron tras la lucha violenta como parte del programa del presidente Mao para reeducar a la juventud urbana mediante el trabajo duro. En cuanto que «joven reeducado» pasaba el tiempo trabajando en el campo y enseñando en la escuela del pueblo. En la segunda fotografía lleva uniforme y gorra del ejército y es el bailarín principal del ballet revolucionario *La chica del pelo blanco*, después de que lo mandaran llamar a Ziyang cuatro años más tarde para unirse a la compañía teatral de propaganda comarcal. Ambas fotografías han cosechado muchos *likes*, y Yuyu, su amante, les puso tres emoticonos sonrientes.

Vuelve la vista a su mujer en el retrato familiar... *¿Recuerdas cuando, después de unirnos a la compañía teatral, paseábamos* *todas las tardes por la calle de la Torre del Tambor? ¡Menuda pareja! Tú, deslizándote grácilmente a mi lado con la larga trenza colgándote a todo lo largo de la espalda. Y yo, de caderas estrechas, hombros anchos, con los zapatos italianos bicolores y con cordones que había traído mi padre de la guerra de Corea. No había otro par de zapatos iguales en toda China. Como dirían los jóvenes de hoy: éramos cool. Yo tenía el culo plano y andares femeninos, lo admito, pero eran detalles insignificantes. ¿Quién iba a pensar que aquel Ma Joven y Flaco se convertiría en el Ma Viejo y Fofo de hoy en día?*

Con los años, los ojos de Ma Daode se habían ido estrechando al tiempo que la nariz y la boca se ensanchaban, pero cuando los abría las pupilas destellaban como cuentas de vidrio y él parecía joven y lleno de vida. A su amante primera y más antigua, de nombre Li Wei, le gusta separarle los párpados con los dedos y pedirle que la mire a los ojos.

¿EN QUÉ ANDAS? ¿ESTÁS EN EL DESPACHO? Después del mensaje hay un icono de una chica de dibujos animados con el pelo teñido de henna.

ME PREPARO PARA UNA REUNIÓN IMPORTANTE, responde Ma Daode en el móvil Three Star, que tiene la pantalla más amplia que los otros dos que guarda en el cajón.

A lo que le responden: VOY SALIDA. VEN A DARME... seguido por un emoticono de una rubia de pechos exuberantes botando arriba y abajo.

TÓCATE, teclea Ma Daode, cayendo en la cuenta al fin de que quien le manda los mensajes es una agente inmobiliaria llamada Wendi. Cuando ella se pone el traje gris claro y ceñido recuerda a las secretarias remilgadas de los vídeos japoneses para adultos. Este mes, Ma Daode la ha incluido en la lista de sus doce amantes predilectas, a las que llama las Doce Horquillas Doradas en honor a las doce doncellas de la novela de la dinastía Qing, *Sueño en el pabellón rojo*.

DESEARÍA QUE VINIERAS A BESARME AL DESPACHO... Tras leer el mensaje, el director Ma respira hondo e imagina feliz la noche de placeres que le espera. Hoy la elegirá a ella como compañera. Suena el otro teléfono. BUENAS TARDES, DIRECTOR MA. ESTO ACABA DE PUBLICARSE EN LA SECCIÓN DE COMENTARIOS DE LA PÁGINA WEB DEL SUEÑO CHINO: «EN LA REUNIÓN MATINAL, RONCAN; A MEDIODÍA, ERUCTAN; POR LA TARDE, BOSTEZAN; EN LAS HORAS EXTRAS, JUEGAN; AL ANOCHECER, VAN DE PUTAS; POR LA NOCHE, VAN A CASA Y PEGAN A LA MUJER...». PARECEN UN PUÑADO DE FUNCIONARIOS CORRUPTOS. ¿DEBERÍA BORRAR EL COMENTARIO? ACONSÉJEME, POR FAVOR.

—¿Una taza de Tieguanyin, director? —pregunta el secretario Hu—. Pronto tendrá que irse.

Cuando se quita las gafas, los ojos de Hu parecen todavía más vidriosos e inmóviles. La Agencia para el Sueño Chino ha convocado una reunión del partido a las dos bajo el título «El Sueño Chino se globaliza». Tendrá lugar en el Despacho Redondo de la planta baja, con la asistencia del jefe de propaganda Ding y el alcalde Chen.

—No, tráeme un café —responde el director Ma.

Detesta el café, pero confía en que tomándose uno se le despejará la cabeza. Además, quiere acostumbrarse al café porque tanto su amante más antigua, Li Wei, como la más joven, Changyan, son adictas al café y suelen burlarse de su gusto anticuado por el té. Conoció a Li Wei hace diez años, en la cafetería que ella había abierto donde antes estaba la oficina general de correos. Cuando demolieron el edificio, Li Wei trasladó la cafetería al nuevo distrito comercial, luego negoció el contrato para gestionar la Torre del Tambor, un edificio de treinta metros de altura construido durante la dinastía Yuan que acababan de declarar monumento protegido. Li Wei restauró el exterior de ladrillo rojo, el balcón de piedra almenado y el tejado vidriado y reparó el enorme tambor que solía tocarse a la puesta de sol para anunciar el final del día. Cuando terminó la restauración, abrió la torre al público. Por diez yuanes, los visitantes podían subir por la escalera de madera hasta el balcón, tocar el tambor antiguo y disfrutar de la espléndida vista de la ciudad. Como reconocimiento a su espíritu emprendedor y al servicio a la comunidad, Li Wei entró a formar parte del Congreso del Pueblo Municipal.

Mientras el director Ma inhala el vapor que se eleva del café, ve con el ojo de la mente calles flameantes de consignas y estandartes rojos... *Todo es rojo... hasta los restos de papel de los petardos esparcidos por el suelo. Por un momento, solo vi un rojo tan oscuro que parecía negro. Con una octavilla en la mano que anunciaba que al día siguiente el presidente Mao saludaría a la Guardia Roja en un mitin multitudinario en la plaza de Tiananmén de Pekín, me eché una botella de agua al hombro y me dirigí a la estación con la esperanza de subirme al siguiente tren con destino a la capital, pero mi madre salió corriendo detrás de mí y me mandó de vuelta a casa. Mientras avanzaba por la calle de la Torre del Tambor, vi a ancianos, hombres y mujeres, partiendo piedras contra el suelo bajo la dura mirada de los adolescentes de la Guardia Roja. Distinguí a mi padre entre las caras sudadas y polvorientas. Y luego volví a verlo mirándome con la cabeza gacha cuando pasé de largo. Tenía la cara tan sucia que parecía que lo hubieran sacado de la tierra. Solo se le veía el color de la piel donde le corrían las gotas de sudor...* Aunque Ma Daode odia verse retrotraído al pasado de esta manera, algunos de los detalles recuperados le dejan un regusto agridulce como las judías especiadas que le encanta picotear antes de comer.

El director Ma coge la carpeta de documentos del escritorio y sale detrás de Hu. Oye el zumbido del inmenso edificio en acción: zapatos que se arrastran por el suelo de mármol cuando el personal entra de la calle, corretea y choca en el amplio vestíbulo de camino a las oficinas y las salas de reuniones. Ve pasar a su amante Yuyu. Cuando desfila rítmicamente sobre los tacones de aguja por delante de la puerta del despacho de Ma Daode, siempre se asoma a ver si el director está dentro, le lanza una sonrisa coqueta, da media vuelta y desaparece.

En el ascensor que baja al vestíbulo Ma Daode tiene que aguantar la cháchara tediosa de Song Bin.

—Tienes que venir a ver los ensayos del nuevo ballet: *La tienda de dumplings de Qingfeng*. Recrea la visita del presidente Xi al local de dumplings. ¿Te acuerdas? Salió en la prensa. Hizo la cola, pidió seis dumplings humeantes y se los comió en la mesa común. ¡Es un hombre del pueblo! Desde entonces el local se llena todos los días de multitudes desesperadas por probar «los dumplings de Xi». Están abriendo franquicias por toda la capital. O sea que el ballet será un éxito. ¡Mejor que cualquier cosa que se os ocurra en la Agencia para el Sueño Chino! ¡Seguro!

Song Bin todavía vive a la vuelta de la esquina de Ma Daode. Cuando con su clase de quinceañeros fueron a ayudar a cosechar cacahuetes durante las vacaciones escolares del verano de 1966, compartieron cama y manta. Durante esa ausencia de dos semanas, Mao lanzó la Gran Revolución Cultural Proletaria. Aduciendo que las fuerzas revisionistas se habían infiltrado en el Partido y se disponían a desbaratar la dictadura del proletariado, Mao exhortó a la juventud nacional a purgar la política, la sociedad y la cultura de elementos burgueses y a «destruir el viejo mundo para que pudiera nacer un mundo nuevo». Para cuando la clase de Ma Daode regresó, los estudiantes mayores habían cambiado el nombre del instituto, que ahora se llamaba Escuela de Secundaria Sol Rojo, y habían sometido a los maestros a escarnios públicos donde los condenaban por «intelectuales apestosos». Ansiosos por sumarse al movimiento, Song Bin y Ma Daode fundaron en su clase el Grupo Combatiente Sin Temor Ni al Cielo ni a la Tierra junto a un amigo apodado Chun el Bizco. Como Chun venía de una familia de «campesinos pobres» fue elegido el líder natural. Entre los tres obligaron a la señorita Wu y a la señorita Huang a ponerse la falda de la otra en la cabeza y desfilar semidesnudas por el colegio. Al mes siguiente, delataron al padre de Ma Daode, Ma Lei, lo llevaron ante una muchedumbre y lo acusaron de derechista impenitente, miembro de una de las «cinco categorías negras» de personas a las que Mao consideraba enemigos de la revolución.

En agosto, inspirado por los grupos de los autoproclamados guardias rojos que habían surgido en las universidades pequinesas y que juraban hacer cumplir todas las instrucciones de Mao, el Grupo Combatiente Sin Temor ni al Cielo ni a la Tierra se unió a otros estudiantes de secundaria de la zona para formar el Regimiento de la Guardia Roja en Defensa del Pensamiento de Mao Zedong. Pero cuando salieron a la luz los crímenes de clase cometidos por sus padres, a Ma Daode le arrancaron el brazalete rojo y lo expulsaron. En octubre, el regimiento formó junto con los obreros de la fábrica local un batallón mayor de la Guardia Roja llamado el Millón de Osados Guerreros. Los estudiantes y obreros excluidos del batallón por sus orígenes de clase rápidamente formaron una facción rival llamada Oriente Es Rojo, proclamándose los auténticos defensores de la doctrina de Mao Zedong y asegurando que el Millón de Osados Guerreros no eran sino privilegiados y reaccionarios defensores del statu quo. En cuanto lo aceptaron entre sus filas, Ma Daode se encaminó a su escuela, ocupada entonces por el Millón de Osados Guerreros, para avisar a Song Bin y un amigo bajo y gordito llamado Yao Jian de que Oriente Es Rojo planeaba atacarlos al día siguiente. Ma Daode esperaba que dicha información los animara a cambiar de bando, pero cuando llegó al colegio y vio las ametralladoras montadas bajo una pancarta enorme con la frase MILLÓN DE OSADOS GUERREROS y los rifles asomando por encima de sacos de arena en todas las ventanas, supo que sus amigos no desertarían. Recorrió en silencio el edificio. Yao Jian estaba a cargo de las dagas y las lanzas y un celo asesino teñía ya su rostro cuadrado y musculoso. Las aulas que habían permanecido vacías desde junio acogían ahora los cuerpos dormidos de los estudiantes llegados de los alrededores como refuerzo. Cestas de dumplings calientes se amontonaban en las mesas, listos para que se los comieran nada más despertar. Los miembros de Oriente Es Rojo nunca recibían comida caliente y solo tenían acceso a algún maltrecho rifle japonés cuando les tocaba guardia. No tenían nada que hacer contra el Millón de Osados Guerreros.

Aunque tanto Ma Daode como Song Bin sobrevivieron a la Revolución Cultural, no se hablaron durante décadas. El año anterior, sin embargo, cuando el Comité Municipal del Partido de Ziyang y el gobierno municipal se trasladaron a la misma sede, comenzaron a coincidir y al final también a saludarse. Luego, en una reunión escolar, conversaron tomándose unas cervezas. Ahora la mujer de Song Bin se pasa el día jugando al mahjong con la mujer de Ma Daode, pegada a ella como una lapa, hasta la acompaña cada tarde al parque para practicar el baile con abanicos.

Cuando el ascensor llega a la planta baja, Ma Daode pasa por el lado de Song Bin dando grandes zancadas mientras tamborilea con dedos impacientes el móvil del bolsillo.

El Despacho Redondo huele a limpiador con aroma de limón. La mitad delantera de la imponente sede es una réplica de la Casa Blanca de Washington D.C., mientras que la trasera imita la Puerta de la Paz Celestial que se levanta en el extremo norte de la plaza de Tiananmén en Pekín. Es como si hubieran partido por la mitad cada uno de los icónicos edificios originales y los hubieran pegado. La sección de la Casa Blanca alberga el gobierno municipal y la Puerta de la Paz Celestial, el Comité Municipal del Partido, pero ambas están conectadas. Los lugareños apodan al lugar «El Cielo Blanco». El director Ma nunca ha estado en la Casa Blanca de América, pero ha visto en internet fotografías de diversos presidentes sentados en el Despacho Oval y considera que su propio despacho, en la quinta planta, no es menos imponente. Y aunque cuarenta y dos metros cuadrados son diez metros cuadrados menos que el despacho del alcalde Chen en la planta sexta, desde la ventana Ma Daode puede ver hasta la torre de agua del Parque Industrial que se halla cerca de la aldea de Yaobang, donde lo desterraron a los diecisiete años para reeducarlo mediante el trabajo y donde, nueve años antes, había vivido seis meses con su familia después de que purgaran a su padre de la alta administración.

El jefe de propaganda Ding preside la reunión del Partido de hoy. Pese al calor, lleva una corbata gris con el nudo apretado como la que lució hace poco por televisión el presidente Xi Jinping. Se levanta para dirigirse a los ocho líderes de departamento sentados a la larga mesa de reuniones cubierta por una tela azul oscuro y a los doscientos miembros del Partido sentados en filas detrás. Bajo su hábil liderazgo, los ejemplos de descontento social, como las recientes manifestaciones en contra de los derribos forzosos, se han convertido en noticias positivas o se han suprimido del todo y a los oídos de Pekín no ha llegado ninguna mala noticia de la provincia. El jefe de propaganda Ding, con su diploma avanzado de la Escuela Central del Partido Comunista, está destinado a ascender al liderazgo provincial. El alcalde Chen, que está sentado a su lado, antes dirigía el Comité Provincial del Partido, pero el año pasado las autoridades de Pekín lo relegaron a Ziyang cuando dos lugareños viajaron a la capital para quejarse de la corrupción de los funcionarios locales. «El Sueño Chino se globaliza» es la campaña más importante que ha supervisado desde que se estrenó en el cargo.

El jefe Ding se prepara para leer en voz alta el Documento Número Nueve, expedido por la Oficina General del Partido Comunista de China, no sin antes señalar que se trata de un comunicado interno y confidencial, exclusivo para los miembros del Partido, y que nadie debe grabarlo ni tomar notas. El documento prohíbe en televisión, prensa y medios digitales cualquier mención a valores universales, sociedad civil, derechos civiles o independencia judicial.

—Y libertad de prensa, por supuesto —recalca el jefe Ding, ajustándose discretamente el peluquín negro—. Los extranjeros emplean estos conceptos occidentales subversivos para minar nuestro sistema socialista. De ahora en adelante, el Documento Nueve guiará nuestra gestión del reino ideológico. —Abre los ojos con fervor al añadir—: Esta noche, cada departamento designará personal para eliminar estas ideas tan peligrosas de nuestras páginas web.

El director Ma piensa que en cuanto fabriquen su Dispositivo para el Sueño Chino no harán falta reuniones: bastará un clic de un botón para transferir las directivas gubernamentales al cerebro de cada uno de los miembros del Partido del país. La propuesta para abrir un Centro de Investigación del Sueño Chino en el Parque Industrial de Yaobang a fin de desarrollar el dispositivo espera sobre la mesa de su despacho. Saca el móvil que está vibrando y, tapando la pantalla con la mano, lee un mensaje nuevo: VINO SERVIDO, MENTES EN PAZ. EN LAS NUBES, VIVIMOS EMBRIAGADOS. SI ANHELAS VIAJAR, SI ANHELAS LA FELICIDAD, NO ENVIDIES A LOS INMORTALES, SINO A NOSOTROS... Devuelve el teléfono al bolsillo con una mueca compungida, luego recorre con la vista a los miembros del Partido y localiza a su amante, Yuyu, la encantadora autora del mensaje, descollando entre las grises filas de hombres como una guinda en un pastel.

—¡Este es el Siglo Chino! —prosigue el jefe Ding, golpeando el documento con el dedo—. Antes de que se fundara la República Popular en 1949 padecimos cien años de humillación: desde el incendio del Palacio de Verano hasta la Masacre de Nankín fuimos maltratados, intimidados y asesinados por imperialistas extranjeros. Luego el presidente Mao llegó al poder y anunció que el pueblo chino se había levantado. Ahora, tras sesenta años de gobierno comunista, el pueblo chino lleva ventaja. Xi Jinping sueña con que en 2021, coincidiendo con el centenario del Partido Comunista Chino, nuestra sociedad haya alcanzado una prosperidad moderada y en 2049, centenario de la República, nuestra economía haya superado a la de Estados Unidos y China haya recuperado su papel protagonista en el mundo. Durante este crucial período de transición, el partido que gobierna en China debe convertirse en el partido que gobierne a la humanidad. Solo entonces se hará realidad el sueño del presidente Xi Jinping de resurgir nacional. Solo entonces será global este Sueño Chino. Solo entonces el pueblo chino podrá salir al mundo, dominarlo y unificar a toda la humanidad...

—O sea que quieres que estalle la Tercera Guerra Mundial, ¿no? —musita el director Ma—. Hitler solo llegó hasta Rusia, ¡pero tú quieres conquistar el mundo! ¿No te basta con buscarle las cosquillas a Japón?

Le molesta que el jefe Ding haya prosperado desde un discreto cargo en la universidad a semejante nivel político y se arrepiente de haberle dado su primer empleo gubernamental en el Departamento de Propaganda Comarcal que dirigía antes. Cuando Ziyang pasó de ciudad de provincias a municipalidad plena, Ding saltó tres escalafones de golpe para convertirse en uno de los principales líderes del Comité Municipal del Partido. El alcalde Chen está sentado entre Ding y el director Ma. Es un hombre rechoncho y afable que se riza el pelo. El aliento le huele a tabaco y Coca-Cola. Al director Ma le cae bien. Gracias a los contactos que realizó mientras estudiaba un máster en América, ahora Ziyang está hermanada con San Diego.

El jefe Ding sigue hablando:

—Si fundimos los valores chinos tradicionales con la ideología marxista, todas las naciones del mundo abrazarán el Sueño Chino. Entonces los líderes del Partido de nuestra generación conseguirán la unidad mundial que deseaba Gengis Kan. Naciones Unidas trasladará la sede central a Pekín e instauraremos el comunismo en todo el planeta... —Cae en la cuenta de que lleva demasiado rato hablando y bebe un sorbo de agua antes de añadir—: Y ahora, el director Ma nos detallará los proyectos para el Sueño Chino. —Se recuesta en la silla y el frío del aire acondicionado le sube por los hombros y le eriza los pelos por detrás del peluquín.

El director Ma sonríe al jefe Ding, al alcalde Chen y a las filas de cabezas que asoman detrás y se dice que, efectivamente, el café despeja más que el té verde.

—He traído dieciséis proyectos, propuestos por varios distritos de Ziyang —empieza a explicar—. Primero, abordaremos «El Sueño de las Bodas de Oro», propuesto por el distrito Paz. Ya se han inscrito cincuenta parejas ancianas. Será una gran ceremonia organizada en el Parque Industrial de Yaobang. Los empresarios extranjeros establecidos en la zona están dispuestos a financiarla siempre y cuando el alcalde Chen corte la cinta inaugural. Propongo alcanzar el centenar de parejas y programar la ceremonia para que coincida con las celebraciones de la Fiesta Nacional de Octubre. Lo llamaremos: «El Sueño de las Bodas de Oro, dos puntos, el Sueño de China».

—¡Una gran idea! Otras ciudades han organizado bodas multitudinarias, pero nunca había oído hablar de un aniversario de bodas multitudinario. Estaré encantado de inaugurarlo. —El alcalde Chen sonríe y acaricia el móvil con la mano pálida y regordeta.

—Pero esta vez no toques el alcohol o de nuevo acabarás roncando —remata el jefe Ding, cabeceando como tiene por costumbre. Una ola de risas recorre las filas de los miembros del Partido.

—Siempre tan bromista, ¿eh? —dice sonriendo el alcalde.

La semana anterior, en la ceremonia inaugural del Jardín del Parque Industrial Yaobang, bebió demasiado vino de arroz y se durmió en el estrado mientras esperaba para dar su discurso.

—¿Crees que encontraremos otra cincuentena de parejas de la ciudad que lleven cincuenta años casadas? —pregunta el comandante Zhao de la Agencia de Demoliciones desde un asiento de la primera fila.

Cuando iban a demoler la oficina general de correos, el director Ma le rogó que la indultara, pero no hubo manera de que cambiara de opinión.

—Cada noche se juntan montones de viejos a bailar en el parque a orillas del río —responde el director Ma—. Y si aquí no tenemos suficientes, siempre podemos traer algunos de los alrededores.

De pronto ve los muros altos que rodeaban el instituto… *Si trepo y me arrastro hacia la derecha, podría ver el estanque del patio del colegio con su montaña en miniatura en el centro. Cuando empujamos a la señorita Li al estanque durante una sesión de lucha, la tinta que le habían derramado por la cabeza manchó de negro los nenúfares rosas…* Temiendo que su yo adolescente regrese otra vez, el director Ma se apresura a beber un trago de agua y se concentra en los caracteres impresos en negro en el folio del regazo.

—¿Y los viudos? ¿Y las viudas? No se divertirán mucho viendo a las parejas de viejos paseando de la mano mientras sus cónyuges yacen en la tumba. —La presidenta de la Sección Femenina tiene un marcado acento rural.

Antes trabajaba como ginecóloga en una Oficina de Planificación Familiar del condado y obtuvo el título de Trabajadora Avanzada por realizar sesenta y cuatro abortos en un solo día.

—Solo asistirán matrimonios —responde el director Ma—. Estableceremos las medidas oportunas para que los demás no se acerquen.

—¡A mis padres ni muertos los veríamos cogidos de la mano! —replica la presidenta de la Sección Femenina—. Ni siquiera posan juntos en las fotos. Si les obligáis a participar, su cara de disgusto convertirá el acontecimiento en una mala noticia de prensa.

—¡Sí! ¡Imagínate! —interviene el jefe de la Agencia de Industria y Comercio—. Un montón de pensionistas decrépitos bamboleándose en el escenario, encorvados sobre los bastones. Unos estarán sordos o ciegos. Otros llevarán años sin lavarse. No invitarán precisamente al optimismo, ¿no? —Sacude la cabeza y mira al móvil y la libreta que tiene encima de las rodillas. Le brillan demasiado los zapatos de cuero.

—Bueno, también podemos invitar a algunas parejas que celebren las bodas de plata... no parecerán tan vejestorios. Y tenemos que asegurarnos de dejar fuera a cualquier extremista. Hoy en día los viejos sueltan unas tonterías muy peligrosas. —Zhou Yongkang es el jefe de la Comisión Municipal de Asuntos Legales y Políticos y entra en la sede central por la Puerta de la Paz Celestial.

—No os preocupéis por las malas caras —grita el viejo Sun desde la tercera fila—. Si les damos trajes de seda y fajos de billetes y les prometemos una comilona después de las fotos, seguro que sonríen.

El viejo Sun se jubiló hace seis meses de la Oficina de Defensa Aérea Civil, pero todavía le gusta presentarse a trabajar a diario y aportar sugerencias en las reuniones del Partido.

El jefe de la Agencia para la Administración de Medicamentos y Alimentos, que está sentado a su lado, comenta:

—No hace falta un banquete caro. A mis padres les dan un cuenco de leche de soja con una pasta, ¡y sonríen de oreja a oreja!

—Pero debemos tratar a los ciudadanos ancianos con respeto —enfatiza el alcalde Chen—. La piedad filial es el cimiento de la cultura china. Cuanto mayor es la persona, más veneración merece.

Para responder al último mensaje de Yuyu, ¿SOY GUAPA?, el director Ma trata de mandarle un emoticono sonriente, pero se equivoca. Ella le responde: ¿POR QUÉ ME MANDAS UNA CARA TRISTE? ¿QUIERES HACERME LLORAR? El director Ma mira hacia donde está sentada Yuyu y ve su pelo negro y reluciente destellando como la carcasa del móvil entre las cabezas de los miembros del Partido.

—Que los ancianos celebren el Sueño Chino dará trascendencia e importancia histórica al proyecto —dice el jefe Ding, aflojándose la corbata gris—. Y ahora, director Ma, el segundo proyecto, por favor.

Ma Daode carraspea.

—Bien, el siguiente de la lista es un ballet nuevo titulado *La tienda de dumplings de Qingfeng*, una cooperación entre la Oficina de Civismo y la Agencia Cultural. Como todos sabemos, el jefe de sección de la cervecera local es la viva imagen del presidente Xi Jinping, por lo que confiamos en que acepte bailar en el papel de protagonista.

—¡Será un exitazo! —dice Song Bin, con la cara de mono arrugada por una gran sonrisa—. Si descubrimos algún talento local y echamos el resto, quién sabe, ¡hasta puede que la lleven a la Ópera de Pekín!

El director Ma se queda mirando a Song Bin, sentado justo enfrente. Cada arruga de su rostro avejentado parece llena de polvo... *Arrugas sucias de hollín alrededor de la boca retorcida de mi padre. Mi madre yace a su lado, con la cabeza recostada en su axila y los ojos cerrados. Limpio con la manga la espuma del pesticida y los restos de pollo a medio digerir que se les escapan de entre los labios. Si estuvieran vivos, podrían pasear de la mano hacia la celebración del Sueño de las Bodas de Oro junto con el resto de parejas ancianas...* Mientras el director Ma sigue mirando fijamente a Song Bin le sube un regusto amargo del estómago... *No sé cómo se conocieron mis padres ni por qué se casaron. Solo tengo la información que consta en la ficha de mi padre. Nombre: Ma Lei. 1922: nace en el condado Ping, provincia de Shaanxi. 1939: se alista en el ejército. 1947: ingresa en el Partido Comunista. 1949: se casa con Zhu Mei. 1957: es nombrado Jefe del Condado de Ziyang. 1959: comete un error político y es degradado a auditor cerealista de la aldea de Yaobang. 1960: vuelve a Ziyang para trabajar en la División de Asuntos Financieros del Condado. 1968: fallece por enfermedad.*

Además de estos cuatro detalles, el director Ma sabe que su padre estudió con los misioneros y, gracias al poco inglés que le enseñaron, cuando después sirvió en la guerra de Corea pudo interrogar a los prisioneros estadounidenses e inventariar los bienes del botín y así consiguió que lo ascendieran a comandante de regimiento. Ma Daode se acuerda de jugar al ajedrez con su padre en el jardín delantero. Fue al principio de la Revolución Cultural, antes de que persiguieran a su padre. Tratando de interrumpir ese hilo de pensamientos, aleja la mirada del colgante de un Buda de jade de Song Bin y dice un tanto aturdido:

—Estoy de acuerdo, Song Bin. El ballet es el medio perfecto para publicitar el Sueño Chino. En cuanto la Unidad de Seguimiento de Internet se fusione con nuestra Agencia para el Sueño Chino, la supervisión de los sueños formará parte integral del trabajo diario. Grabaremos, clasificaremos y controlaremos los sueños de cada individuo y empezaremos a trabajar en un implante neuronal, llamado el Dispositivo para el Sueño Chino, que reemplazará los sueños privados de cada uno por el Sueño Chino colectivo. Entretanto, debemos fortalecer la orientación de la opinión pública en internet y las plataformas de las redes sociales para garantizar una respuesta pública correcta al devenir...

—No hace falta pormenorizar el quehacer cotidiano de la Agencia, director Ma, céntrate en los proyectos a gran escala —interrumpe con dureza el jefe Ding—. Volviendo al ballet... Esta vez la Federación para las Artes debería implicarse de lleno y contratar a nuestros mejores escritores y coreógrafos. Promocionar el Sueño Chino a través de la literatura y las artes escénicas es la mejor manera de llegar al corazón de las masas.

El director Ma se enfada consigo mismo por haberse desviado de la cuestión. Se le acelera el pulso. Se pellizca la mano derecha y concentra la atención en el murmullo del aire acondicionado de la sala.

El presidente de la Federación para las Artes Zhang se frota la mano contra el mantel azul y dice:

—Sí, estamos comprometidos con el proyecto, jefe Ding. Acabamos de organizar un Concurso de Poesía del Sueño Chino, nuestro plan más ambicioso hasta la fecha. Y además esperamos añadir más contenido relacionado con el Sueño Chino a nuestra página web.

Al presidente Zhang le gusta escribir poesía en su tiempo libre. A él también lo mandaron al campo de reeducación de Yaobang durante la Revolución Cultural. Como ambos lamentaban no haber recibido formación universitaria, Ma Daode y el presidente Zhang siguieron hace unos años un curso de humanidades de un año. Ma Daode se acuerda de que, en Yaobang, Zhang solía rociarse la bragueta con Insecticida 666 para alejar a los mosquitos. Olía tan mal que no se le acercaba nadie. Nota, alarmado, que los recuerdos vuelven a brotar en su mente como champiñones tras la lluvia. *Si el pasado se empeña en regresar,* piensa para sus adentros, *me derrumbaré.*

—Promover sueños mediante la poesía —dice el alcalde Chen—. ¡Qué idea más inspirada!

Las voces retumban por la sala circular. Algunos miembros del Partido están recostados en los asientos, con los ojos cerrados; otros fijan la mirada en los móviles; solo un puñado de ojos negros observan a los líderes que tienen enfrente. El director Ma repasa la lista de contactos, selecciona a Hu y teclea: ¿ESTÁS GRABANDO? Hu responde: sí. Su secretario se encuentra sentado cerca de la primera fila. Los reflejos de la luz en sus gafas titilan como velas.

—El principal objetivo de nuestro Partido es sustituir los sueños personales por el Sueño Chino común —explica el alcalde Chen. Al detenerse a tomar aliento oye un teclear suave—. ¿Estás mandando un mensaje, comandante Zhao? Veo que te has comprado un iPhone nuevo. Ten cuidado con mandar poemas eróticos a grupos… ¡No vayas a acabar en el Asilo del Lago Sur!

El asilo del que habla se encuentra en un valle a los pies del monte Diente de Lobo. Se trata de una antigua planta militar de compresores de aire que ahora sirve de prisión para los cuadros del Partido a nivel de condado o superior condenados por no cumplir con su deber. El complejo incluye un campo de golf y un lago para pescar. Hace años la zona estaba plagada de enfermedades transmitidas por los mosquitos. Fue allí donde Ma Daode y sus compañeros de clase pasaron unas vacaciones estivales recolectando cacahuetes. Cuando, de vuelta, formaron el Grupo Combatiente Sin Temor Ni al Cielo Ni a la Tierra, se enfrentaron a otras clases para conseguir la pintura, las brochas y el papel encerado que necesitaban para confeccionar pósteres y panfletos...

−... el Sueño Chino alienta a las masas a abrazar el Socialismo con Características Chinas. Es muy distinto del tipo de lavado de cerebro que hubo durante la Revolución Cultural... −La voz del alcalde se ha reducido a un murmullo tan apagado que parece provenir de otra sala. El director Ma mira a su alrededor, pero no ve a nadie hablando. Se pregunta si el sonido no vendrá de su propia cabeza. Tiene un ligero deje nasal. Ve cómo unas secretarias jóvenes y elegantes reparten botellines de agua mineral. La más joven, Liu Qi, con su traje sastre azul marino, recuerda a una azafata de vuelo. Cuando vino a pedirle trabajo, Ma Daode le dio empleo de inmediato porque mientras lo reeducaban en la aldea de Yaobang solía jugar a las cartas con el padre de la chica, Liu Dingguo.

Un año, en la fiesta de mediados de otoño, Liu Dingguo invitó a nuestro grupo de jóvenes reeducados a comer en la casa de adobe de sus padres. Como queríamos picar algo con la cerveza, Liu Dingguo se subió a una tapia a ver qué podía robarle a la vecina. Unos segundos después regresó con un manojo de rabanitos que habían puesto a secar en el patio contiguo. Los plantó sobre la mesa y dijo: «Menuda pájara. Decía que estaba demasiado enferma para trabajar en el campo, ¡pero no le pasa nada! ¡Ahora mismo está sentada en el salón comiéndose unos huevos fritos!».

El director Ma recibe otro mensaje: LA LLUVIA ES EL LLANTO DE LAS NUBES. MI TEXTO, MIS GANAS DE TI. Se da cuenta de que la semana pasada le envió el mismo poema a su amante más antigua, Li Wei, y decide dejar de copiar poesía de internet.

Molesto, capta las miradas insinuantes de Yuyu. *Qué inocente es*, la censura para sí el director Ma. *Estas veinteañeras no tienen ni idea de los peligros de la política, no saben que un pequeño error puede acabar con la vida de una persona.* Durante el último año en la aldea Yaobang, la policía irrumpió en su aula y arrestó a una alumna suya de doce años llamada Fang. Después Ma Daode se enteraría de que lo único que había hecho la niña era arrancar un trocito de yeso de una estatua de Mao para espesar un poco de tofu. De pronto se le ocurre que cuando se instale el Dispositivo para el Sueño Chino en la cabeza, todos esos recuerdos que insisten en presentarse sin avisar serán remitidos al Ministerio de Supervisión. Suda solo de pensarlo. Le ha costado años de esfuerzo ascender desde la Agencia de Asuntos Generales al alto cargo que ocupa en la actualidad. Ha tenido que aprender el tono de voz preciso y la expresión adecuada para reuniones como la presente. Se pregunta si la divagación en la que acaba de perderse podría anunciar su ruina inminente. Se rasca la nariz y susurra: «Como un cangrejo al que hierven vivo, en cuanto enrojeces, estás muerto». Se le ocurrió ese dicho en una marisquería mientras reflexionaba sobre la precariedad del éxito, y ha cosechado un gran éxito en internet. Sospecha que describe a la perfección el aprieto en el que se encuentra.

—Los dieciséis proyectos tienen un gran potencial —dice el alcalde Chen, consultando el reloj—. La planificación y ejecución de los mismos requerirá los esfuerzos conjuntos de todos los departamentos. Y ahora me gustaría invitar a Zhu Zhen a que nos cuente qué tal fue el Simposio Internacional del Sueño Chino al que asistió en Shanghái.

—Yo también asistí al simposio y redacté un informe a la vuelta —interrumpe el jefe Ding, recogiendo el documento de la mesa, a todas luces enfadado porque el alcalde ha dado por concluida la reunión—. Se ha repartido una copia a cada uno para que podamos leerlo todos antes de continuar. Puedo adelantar que la conclusión principal del simposio fue que el

Sueño Chino es una declaración de guerra contra el concepto reaccionario occidental de la democracia constitucional.

Se diría que el aire acondicionado se ha parado. Un olor rancio a humo de tabaco transporta a Ma Daode de vuelta a la época de Yaobang... *El viejo Yi, que cuidaba del establo, fumaba tabaco seco liado en papel de periódico. Tenía una casa de adobe pequeña y oscura, sin sitio ni siquiera para colgar un retrato de Mao. Aun así mis compañeros de condena lo acusaron de faltar al respeto al Gran Timonel y lo denunciaron a las fuerzas armadas del condado. El paquete de tabaco que se dejó cuando se lo llevaron me convirtió en fumador de por vida.*

Tratando de volver al presente, el director Ma musita:

—Debemos conquistar la fortaleza de los sueños, erradicar todos los sueños pasados y alentar un nuevo sueño nacional. Todos los sueños deben acatar la norma, todos los sueños deben ser revisados a conciencia...

—Hablas en sueños, director Ma —le recrimina el alcalde Chen, dándole un codazo en las costillas.

El director Ma se levanta del asiento de golpe y con una mirada ferviente y decidida continúa en voz más alta:

—A partir de ahora, cada individuo, sea cual sea el rango que ocupe, debe presentarme sus sueños y pesadillas para que sean examinados y aprobados. Si no pasa la prueba, ¡cada sueño que haya tenido y cada sueño que tendrá será declarado ilegal! —Nota que empieza a gotearle sudor por la cara, se calla y se queda mirando al mar de ojos negros.

COMPARTIR EL LECHO
Y TENER SUEÑOS DISTINTOS

MIRA LAS NUBES QUE EMPUJA LA BRISA, RESPIRA EL AROMA DE LAS FLORES SILVESTRES Y SERENA LA MENTE... Antes de entrar en casa el director Ma borra el mensaje que acaba de recibir y olvida al instante quién se lo ha enviado.

Se queda de pie en el salón, con la chaqueta colgando del brazo, preguntándose por qué todo le parece tan raro. Su mujer no tarda en explicárselo. «¿Te ha dado una coz en la cabeza una mula? ¡Hacía años que no llegabas a casa antes de las seis y media!». Juan se ha recogido el pelo en un moño y está desgranando judías. A su lado en el suelo hay un par de zapatillas rojas, dos palanganas esmaltadas y el estéreo portátil que llevará a la sesión de baile de esta noche. Después de acompañar a su hija a instalarse en la universidad inglesa, despidieron a la niñera. Rara vez reciben invitados, no fuera a ser que estos se fijasen en los regalos que recibe Ma Daode a cambio de favores políticos y lo denunciasen a anticorrupción. Ahora que viven los dos solos en un dúplex tan amplio el lugar parece vacío, así que tienden a confinarse en el salón, con su sofá de cuero de cuatro plazas y el enorme televisor de pantalla plana. Incluso han instalado una tetera eléctrica para no tener que ir a la cocina a preparar el té. En la mesilla baja del centro del salón hay una bolsa de maloliente pescado que Juan acaba de comprar en el mercado.

El director Ma se deja caer en el sofá de cuero y se queda mirando el pececillo rojo que nada en la pecera de cristal debajo del televisor. Sus ojos saltones le recuerdan a su madre en el banquillo, con los ojos aterrorizados mientras los guardias rojos, unos adolescentes, la insultaban a gritos. Con el corazón en un puño, mira después el pececillo negro y la cola que se despliega tras él cual larga melena... *La pequeña Fang tenía el pelo igual de negro. Poseía la mejor caligrafía de todos mis alumnos de Yaobang y le encantaba escribir eslóganes políticos en la pizarra. La arrestaron una semana después de cumplir doce años. Cuando volvió después del arresto, estuvo tres días sin salir de casa. Al cuarto, descubrí su cadáver flotando en el estanque del pueblo, con la larga mata de pelo negro desparramada alrededor de la cabeza. Todavía tengo grabado en la memoria el eslogan que escribió en la pizarra el día que la detuvieron:* TODOS LOS NIÑOS DEBEMOS SUMARNOS A LA REVOLUCIÓN Y CONSAGRAR LA VIDA AL PARTIDO... El año pasado el padre de Fang, el viejo Yang, se sacó la licencia para criar peces de colores en el estanque del pueblo. Antes de que el gobierno intentara demoler Yaobang el mes pasado, Ma Daode fue a visitarle. Su mujer no habló. En la campaña de reforma agraria que impusieron los comunistas durante el ascenso de Mao al poder, la mujer había visto a los campesinos expropiar las tierras de su padre y golpear con las manos desnudas a su madre hasta matarla, y ella nunca se recuperó del trauma. Lo único que puede hacer es barrer el suelo, dar de comer a las gallinas y preparar sémola de maíz. Antes de ahogarse, a Fang le gustaba sacar a pasear a su madre por la orilla del río.

«Cuando seas feliz, recuerda que la felicidad es pasajera, y cuando estés triste, recuerda que la tristeza tampoco durará». Ma Daode quiere grabar en el móvil esta máxima que acaba de ocurrírsele, pero entonces se dice: *No, no acabo de inventármela. Alguien me la envió ayer.* Nota las gotas de sudor acumulándose en la palma de las manos y se limpia en la manga.

—Así que has perdido el hilo en plena reunión —comenta su mujer, encantada con el tropiezo.

—¿Quién te lo ha contado? —Ma Daode nota cómo los recuerdos brotan igual que el bambú, rodeándolo.

—Todos están pendientes de ti. ¿Qué esperabas, si te dedicas a perder el tiempo tratando de controlar los sueños ajenos en lugar de trabajar? ¿Y qué pintas tú en esa tontería de Agencia? Ahora lo que da dinero es el Departamento de Logística Militar convertido en Oficina de Vivienda. Hasta los directivos de la Agencia de Prevención Sísmica son más ricos que tú. ¿Por qué no cortas por lo sano y pides la jubilación anticipada? Como continúes en ese trabajo acabarás en la cárcel, igual que todos esos abogados por los derechos humanos. —Cuando habla, Juan siempre tuerce la boca.

—¡Jamás me mandarían al Asilo del Lago Sur! ¡Jamás! —A Ma Daode se le forman pliegues en la barriga cuando se estira para coger el mando a distancia.

En la televisión, un abogado cuenta a un periodista del noticiero local: «El gobierno municipal ha acabado con las usurpaciones de tierras. No está bien vender las tierras de los campesinos a promotores especuladores…».

—Bueno, pues si el gobierno no vende tierras, ¿cómo va a pagar los sueldos de funcionarios y burócratas? —gruñe Ma Daode, bajando el volumen.

—Has acumulado tres propiedades y siempre andas detrás de las mujeres… mereces que te envíen al Lago Sur —dice Juan, de vuelta de la cocina sofocante con el pelo echando vapor.

Ma Daode se queda mirando el pescado frito agridulce que le ha dejado en la mesa. Piensa en el mensaje que ha borrado antes de entrar en casa y se acuerda de que era de Yuyu. Le inquieta lo que pueda estar tramando. Por la tarde se le ha presentado en el despacho y le ha ordenado que escribiera un documento oficial admitiendo que la ama, después ha tenido que estamparlo con la huella digital y el sello de la Agencia para el Sueño Chino. Ahora comprende por qué Song Bin lleva un colgante de un Buda de jade con las palabras TRANSFORMA LA MALA SUERTE EN BUENA FORTUNA. También Song

Bin debe de haberse topado con problemas similares por culpa de alguna amante descontenta y habrá aprendido a capear la tormenta con paciencia.

Juan vuelve a aparecer con un cuenco de alubias fritas.

—Cuando me cortejabas, siempre te comías la cabeza del pescado y me dejabas el resto para mí —dice al sentarse—. ¡Mira ahora! Lo atacas con los palillos y te quedas toda la carne blanca.

—Porque ahora como pescado, ¡pero antes pescaba tu cariño! —replica él con una sonrisa forzada.

—Apuesto a que cuando comes con tu joven amante te conformas con la cabeza —dice ella, bajando la mirada al plato para evitar cruzarla con él.

Desde que se fue su hija, no paran de discutir. Ma Daode suele terminar las discusiones marchándose a pasar la noche fuera, lo cual todavía enfurece más a Juan.

—¡No te creas todo lo que cuentan de mí! —replica Ma Daode, sin dejar de comer y tratando de aparentar indiferencia—. Si te preocupas de lo que piensen los demás, las malas lenguas te matarán.

—Guárdate los aforismos de pacotilla para tu novia —le suelta su mujer mientras se sirve más alubias fritas—. No te preocupes, no voy a contratar a un detective privado para pillarte con las manos en la masa. Ya no era celosa de joven, y ahora todavía menos. Los hombres sois todos iguales. Cuando sois pobres queréis una mujer; si sois ricos, queréis un harén. Menuda pérdida de tiempo.

Ma Daode sospecha que Juan sabe lo de Yuyu, pero no lo de las otras.

A Juan le ha salido un sarpullido en el cuello por la alergia al pescado que está comiendo. Se turna con Ma Daode para comer del pescado hasta que solo quedan la cabeza pelada, la espina y la cola.

—Estamos pensando juntarnos toda la pandilla de juventud el sábado que viene —dice Juan—. Tú eres el que más ha medrado, o sea que deberías organizar tú la comida.

—Está bien, reservaré mesa en el Fragancia de Cien Flores.

—¡Otro nightclub asqueroso no! —protesta Juan, mientras el sarpullido le sube por la cara—. ¿Por qué tienes que estar siempre rodeado de chicas? ¿Quién te crees que eres? ¿Ximen Qing de *El ciruelo en el vaso de oro*, con sus seis esposas y diez concubinas?

—Pero si es el mejor restaurante de la ciudad... Puedes sentar a treinta personas en un reservado y pedir lo que más te apetezca. —Levanta la vista hacia los créditos del principio de *Cuando más me querías* y se anima solo de pensar en la cantidad de mujeres que esperan verlo esta noche.

—Ah, sí, se me olvidaba: ha llegado un paquete del CEO de Diez Mil Fortunas; lo he escondido debajo de la cama de Ming —dice Juan, y sube a por el paquete.

Ma Daode comprueba el teléfono y ve un mensaje de la joven maestra de guardería, Changyan: MÁNDAME UN CHISTE VERDE... ¡YA! De inmediato, le reenvía el que le ha mandado esta mañana la agente inmobiliaria Wendi: UN CAMPESINO VA A LA CIUDAD A COMPRAR CONDONES, PERO AL ENTRAR EN LA FARMACIA SE LE OLVIDA CÓMO SE LLAMAN Y DICE: «SEÑORITA, ¿TIENE BOLSAS DE PLÁSTICO PARA PENES?».

Juan deja el paquete sobre la mesa y lo abre. El interior de satén rojo le ilumina la cara con un resplandor rosa.

—¡Ah! Sabe que me gustan los pasteles de luna —dice Ma Daode, con la mirada encendida—. Voy a probar uno. —Elige uno y lo parte en dos, y en el lugar del relleno encuentra una barrita de oro—. ¡Oh! —se queja—. Me apetecía un pastel como es debido. Los que nos mandaron del condado de Wuwei revolvían las tripas... iban rellenos de carne de lata.

Cuando Juan abre el tercio inferior del paquete los fajos de billetes de cien yuanes con la estampa del presidente Mao en rojo carmesí le enrojecen todavía más la cara.

—Habrá unos cuarenta mil yuanes —calcula rápidamente—. Al parecer espera que le hagas un gran favor.

—Sí... Me ha pedido que coloque a su hermano en el Departamento de Industria y Comercio. Qué hipócrita. Dando siempre la tabarra con lo de cultivar el espíritu comunista y oponerse a la comercialización mientras por detrás cierra tratos corruptos con empresarios de dudosa reputación.

Ma Daode vuelve a mirar al televisor y cambia de canal.

—No me sorprendería que el año que viene lo ascendieran a teniente de alcalde. También estará en la reunión de Oriente Es Rojo, o sea que ándate con ojo con lo que dices delante de él. —Juan se queda mirando el montón de lingotes de oro junto a los pasteles rotos y cada uno le parece una pequeña preocupación—. ¿Dónde vamos a esconderlos? El desván está lleno. Por cierto, ¿te dije que tu hermana trabaja para una compañía de venta directa? Vende amuletos y juegos de adivinación. No me deja en paz para que le presente a nuevos clientes. Salta a la vista que es una estafa piramidal. ¿Por qué no le das todo este dinero y le pides que me deje tranquila?

—¿Es que se ha vuelto loca? El gobierno ha calificado la adivinación de «superstición feudal» y amenaza con prohibirla. Los amuletos son un timo. Los muy sinvergüenzas compran bolsas de cuero baratas por cien yuanes, las llaman «bolsas de la fortuna» y las venden diez veces más caras. En fin, la buena suerte no se compra con dinero ni amuletos: al destino se llega mediante el esfuerzo.

Ma Daode está satisfecho de su última máxima. Se saca un moco de la nariz y lo tira al suelo.

Suena el timbre de la puerta. En solidaridad tácita, Juan se apresta a tapar la caja de pasteles con un diario y Ma Daode la esconde en el aparador. Luego Juan atisba por la mirilla. Es la mujer de Song Bin, Hong.

—¡Espabila que ya son las siete! —dice alegremente al entrar.

Lleva una falda plisada estilo flamenco y pintalabios rojo un tono más suave que el de ayer. Se sienta en el sofá y se mira las uñas, largas y pintadas de color púrpura. Ma Daode se guarda el móvil que vibra en el bolsillo y mira a su mujer perderse de nuevo escaleras arriba.

—¿Song Bin ya está en casa? —le pregunta a Hong.

—No, siempre vuelve tarde, como tú —responde Hong, sin dejar de mirarse las uñas—. Parece que el personal de la Oficina de Civismo trabaja más que nadie. No para de tener reuniones urgentes por la noche.

—Pon la tele, si te apetece... Juan no tardará —ofrece Ma Daode, y corre al baño a leer los mensajes.

¿QUÉ HACES, SR. SUEÑOS VERDES?

Ma Daode pone en blanco sus ojos de sapo y teclea: ME PREPARO PARA LA REUNIÓN DE MAÑANA. ¿Y TÚ? El retrete japonés climatizado que instalaron hace poco le parece muy cómodo.

COMPRAR POR INTERNET. ACABO DE COMPRARME UNAS SANDALIAS ITALIANAS. ESTA TARDE EN EL CIELO BLANCO ERAS LA COMIDILLA DE TODOS.

HA SIDO CULPA TUYA POR DISTRAERME. ¿CÓMO SE TE OCURRE MANDARME UN MENSAJE EN PLENA REUNIÓN? NO TIENES SENTIDO POLÍTICO. Mientras rememora su perorata descerebrada durante la reunión de hoy del Partido, le falta el aliento, como si alguien le llenara el pecho de paja.

NO ME RIÑAS, QUE YA NO ERES MI JEFE. MAÑANA TENEMOS QUE ANUNCIAR PÚBLICAMENTE NUESTRA RELACIÓN.

NO DIGAS TONTERÍAS. MAÑANA POR LA NOCHE PASO A VERTE CON UNA BOTELLA DE XIJIU VINTAGE.

O SEA QUE ESTA NOCHE ESTARÁS CON OTRA, ¿NO? SOY SOLO LA AMANTE NÚMERO TRES O CUATRO, ¿EH? BUENO, DIRECTOR MA, ¡ESTOY HARTA! VOY A ENTREGAR TU DECLARACIÓN DE AMOR FIRMADA A LA COMISIÓN DE INSPECCIÓN DISCIPLINARIA, ¡Y A VER QUÉ FUTURO GLORIOSO NOS DEPARARÁ EL SUEÑO CHINO!

¡BASTA DE TONTERÍAS! ME ESTOY ENFADANDO. Ma Daode comienza a asustarse.

QUIERO VOLAR AL INFRAMUNDO Y BEBER UNA TAZA DEL CALDO DE LA AMNESIA DE LA VIEJA DAMA EN EL PUENTE DE LA DESESPERANZA.

¡SE TE VA LA CABEZA! NO TE ENFADES CONMIGO, TE LO RUEGO. La idea de que ella pueda plantearse suicidarse lo hace sudar.

DESDE QUE TRABAJO EN EL CIELO BLANCO NO HE TENIDO UN DÍA TRANQUILO. QUIERO HABLAR CON TU MUJER Y CONTÁRSELO TODO.

ME ESTÁ SUBIENDO LA TENSIÓN, CARIÑO. TENGO QUE TOMARME LA PASTILLA. HABLAMOS LUEGO. Un escalofrío le recorre la espalda al cerrar el móvil caliente. «Querida», «amante», «concubina»... son palabras que se oyen a menudo en los juicios a funcionarios corruptos. Si alguna de las suyas lo denunciase a las autoridades, perdería el trabajo y los privilegios y volvería a la casilla de salida. Normalmente no le cuesta manejar estas situaciones, pero los recuerdos inquietantes que últimamente perturban su mente le han dejado tan confundido que hasta una menudencia como esta se le antoja un problema insuperable. En cuanto oye a Hong y su mujer cerrar la puerta al salir, deja el cuarto de baño y regresa al sofá.

Llega otro mensaje. ¿QUÉ PASA? ¿POR QUÉ NO HAS LLAMADO? Se queda mirando el pequeño icono de su amante más antigua, Li Wei, junto al mensaje, y cae en la cuenta de que hace casi un mes que no se ven. La última quincena se ha acostado con Wendi y Changyan en noches alternas y, aun sabiendo que era un error, ha quedado dos veces con Yuyu. Decide que debe convocar a todas sus amantes a una reunión para acordar unas reglas básicas nuevas. Se pregunta con cuál debería acostarse hoy. Li Wei está al final de la lista. No, debería ser Yuyu... está a punto de denunciarlo. Quizá debería llevarla al piso de Li Wei. Sería una «noche de gozo y disipación», como dirían los antiguos...

No teníamos dinero para comprarles un ataúd a mis padres, así que mi hermana empeñó un marco y una jofaina de cobre. Pensó en empeñar también los zapatos bicolores de cordones de mi padre, que apenas se ponía pero siempre lustraba, aunque al final me los dio. Con los treinta yuanes que obtuvo compramos un ataúd de contrachapado barato. Ahora que soy rico, podría enterrar los huesos de mis padres en una tumba de piedra, si pudiera encontrarlos, claro. Después de ellos, se enterraron tantos guardias rojos en el bosquecillo de la aldea de Yaobang que no se sabía de quién era cada tumba. Para los supervivientes, el bosquecillo solo provoca pesadillas.

«El cisne se aleja para no volver / rememoro y siento el corazón vacío», recita Ma Daode mientras se pone los calcetines. *¿Por qué me acechan estos recuerdos, estas visiones de muerte y violencia?* El pasado y el presente chocan una y otra vez en su cabeza. Anoche soñó con un lugar que nunca ha visto. El corredor de un hospital. La mitad inferior de las paredes estaba pintada de verde y una hilera de hormigas blancas desfilaba por el suelo rojo. Al final del corredor había un cuarto donde se almacenaban los documentos de la Agencia para el Sueño Chino. Abrió la puerta y se vio, sentado cabizbajo frente a una pantalla, tecleando el informe anual de la Agencia, con el cuerpo cubierto por moho blanco y peludo. Oía a los niños jugando al baloncesto fuera y olía la peste a podrido que emanaba de su doble en descomposición. Entonces, de pronto, vio a un niño con un corte en la mejilla que lo miraba fijamente mientras sangraba por la boca. Wendi le apretó la nariz para intentar despertarlo y susurró: «¿Qué decías? ¿Qué muerte querías vengar?».

Ma Daode echa un vistazo a los restos de la raspa del pescado y las alubias requemadas de la mesa y piensa en el comedor escolar de la aldea de Yaobang. No era un comedor de verdad, solo una sala pequeña con una cocina de carbón en la casa de adobe de un aldeano fallecido en el fuego cruzado durante una batalla en el frente del río. Doscientos reclutas de Oriente Es Rojo fueron conducidos a esa batalla armados tan solo con cuatro granadas de mano cada uno. Solo regresaron treinta vivos.

Antes de salir a la calle, Ma Daode se mira en el espejo del recibidor, se apunta con una pistola imaginaria a la cabeza y dice:

—Date prisa y consigue un Dispositivo para el Sueño Chino que te borre todas estas malditas pesadillas de la cabeza.

LOS SUEÑOS SE EVAPORAN,
LA RIQUEZA SE CONSUME

El director Ma observa por la ventanilla del coche los campos que labraba cuando era un joven a reformar. El abrasador sol de agosto ha quemado una fila de pimpollos plantada a lo largo del río Fenshui. Por detrás, distingue el imponente almacén de ladrillo rojo construido en la década de 1920 junto a un muelle donde las barcas procedentes de las ciudades situadas río arriba recogían cargamento en su travesía a Ziyang. Ahora el río no es lo bastante caudaloso para que naveguen embarcaciones grandes, pero durante la lucha violenta, iba lleno de barcos y atronaban los disparos. Facciones rivales se enfrentaban por el control del frente fluvial para asegurar la llegada de suministros a sus fuerzas apostadas en Ziyang. Fue aquí donde Oriente Es Rojo y el Millón de Osados Guerreros libraron sus batallas más sangrientas.

En una batalla de mayo de 1968, una unidad de Oriente Es Rojo de la planta eléctrica se unió a una sección de campesinos de clase media y baja y estudiantes de la escuela secundaria Bandera Roja para recuperar el control del embarcadero. Se acercaron en botes de remo disparando metralla contra el almacén rojo y amarraron en el muelle. Una docena de trabajadores desembarcó y cargó contra el almacén con metralletas al grito de «¡Las fuerzas enemigas deben rendirse o morir!». Pero los miembros del Millón de Osados Guerreros estaban preparados. Arrojaron granadas de mano al muelle y lo incendiaron. Luego ametrallaron a todo trabajador de Oriente Es Rojo que saltara al río y mandaron lanchas motoras a cerrarles las vías de escape.

Al cabo de cuatro días, nuestra unidad se aproximó al almacén rojo en un tanque armado y lanzó un ataque de venganza. Al llegar, vimos un centenar de cadáveres hinchados y negros aún atrapados bajo el muelle... Mientras Ma Daode mira fijamente ahora el almacén rojo, huele la carne en descomposición... *Oficiamos un funeral. Una chica se subió a un banco de piedra y recitó un poema por el megáfono: «Me muero, madre. / Dile al Millón de Osados Guerreros que ningún crimen contra la humanidad escapará al castigo de la historia». Habíamos encendido cientos de palitos de incienso para intentar enmascarar el hedor, pero era tan intenso que después de leer solo dos versos la chica se calló y vomitó.*

Al otro lado del río ve el Parque Industrial de Yaobang. Hace poco talaron el bosquecillo para abrir la carretera que conducirá al puente de acero que están construyendo. Con el tiempo el Parque Industrial crecerá al otro lado del río, duplicará su extensión y sepultará todo Yaobang. Los lugareños han organizado violentas manifestaciones en contra de estos cambios, de modo que las obras llevan seis meses paradas. Pero el gobierno ha decidido que hay que demoler Yaobang cuanto antes, y como Ma Daode vivió aquí durante la Revolución Cultural, el alcalde Chen lo ha mandado a convencer a los aldeanos de que abandonen sus hogares por las buenas.

En una reunión convocada anoche por la Agencia de Demoliciones, el director Ma se enteró de que el gobierno ha ofrecido a Yaobang una compensación mayor que las recibidas por ninguna otra localidad demolida del país. Pero debido a la proximidad con Ziyang, durante la última década los campesinos de Yaobang se han enriquecido vendiendo setas, hierbas y aves de corral a la ciudad y se han construido casas de tres plantas que en su opinión valen mucho más de lo que el gobierno les ofrece. Las discusiones parecen no tener fin. Al director Ma no le queda más remedio que apretar los dientes y acometer un último esfuerzo desesperado para convencerlos.

Se acuerda de cuando, al año de dejar la aldea, regresó con su compañía teatral de propaganda para representar la escena final de *La chica del pelo blanco*. Ma Daode era el héroe proletario y Juan su prometida, la campesina de pelo blanco. Después de rescatarla de la cueva de la montaña y derrocar al malvado hacendado, la conducía hacia un glorioso futuro comunista, saltando y haciendo piruetas por el escenario con tal gracilidad que el público se quedaba con la boca abierta. Al anochecer, el secretario Meng, el cabecilla de la aldea, los invitó a cenar. Les sirvió vino y verduras fritas, y hasta mandó matar un pollo en su honor. Los aldeanos estaban orgullosos de que los jóvenes desterrados que habían tenido a su cuidado durante tanto tiempo hubieran triunfado.

La carretera recta de cemento por la que conducen a Ma Daode en un Land Cruiser japonés se construyó en 1978, al comienzo de la época de reformas. El camino de tierra al que sustituyó se embarraba siempre que llovía. La primera vez que Ma Daode llegó al lugar acompañado por otros once adolescentes de Ziyang, se resbalaba tan a menudo en el barro que terminó por quitarse las zapatillas de lona y recorrer descalzo el resto del camino hasta la aldea mientras contemplaba el culo de la chica que andaba delante y que acabaría siendo su esposa. Esa primera noche el secretario Meng entregó a cada joven desterrado una piedra de afilar labrada a mano. Pasados cuatro años, cuando recibió la notificación oficial que le ordenaba regresar a Ziyang, Ma Daode caminó hasta el final del muelle, sacó la piedra de la bolsa y la lanzó al río con todas sus fuerzas.

A lo lejos atisba el eslogan de la Revolución Cultural LAS FUERZAS ENEMIGAS DEBEN RENDIRSE O MORIR pintado en una pared que, al momento, descubre que se ha convertido en el nuevo perímetro del Parque Industrial. Cuando el coche pasa de largo, se da cuenta de que es él quien está embadurnando el presente con el pasado.

Empezó la chica del banco de piedra y después todos los demás se pusieron a vomitar. Luego arrastraron a cinco chicos harapientos del Millón de Osados Guerreros desde el almacén rojo hasta el muelle, les patearon las piernas por detrás y los obligaron a arrodillarse. Apuntando al aire una pistola Mauser, un chico de mirada enajenada llamado Tan Dan anunció que debíamos vengar la muerte de los ciento veinte camaradas caídos de Oriente Es Rojo. Acto seguido se acercó a los cinco cautivos y les disparó en la cabeza uno a uno y los tiró al río a patadas. Cuando se marchó, en el muelle solo quedaban medios cráneos goteando sangre.

El director Ma le pide a su chófer, el señor Tai, que aparque en el arcén, se apea, junta las manos y respira hondo, tratando de vaciar la mente. No quiere que esas visiones de pesadilla lo distraigan de la tarea para esta mañana. Los operarios de demoliciones que intentaron derribar la aldea el mes pasado fueron atacados con tal violencia que varios tuvieron que ser hospitalizados y estuvieron a punto de morir. Este mediodía un equipo de trabajo formado por policías municipales, policías armados y sanitarios entrará en la aldea para forzar la evacuación. En la carretera a lo lejos el director Ma ve banderas rojas ondeando en la azotea de una casa falsa construida con bloques de hormigón y contrachapado.

—Director Ma, suba al coche, por favor —le pide su secretario, Hu—. Ha quedado para almorzar a la una con el director del hotel Prosperidad para tratar la esponsorización del Sueño de las Bodas de Oro, es mejor no retrasarse.

—¿Tenemos que seguir? —pregunta, nervioso, el señor Tai—. ¿Y si los aldeanos nos sacan del coche por la fuerza?

Viste un elegante traje occidental y tiene el cuello largo y fino. A su lado, en el asiento del acompañante, viaja un joven de la Agencia de Demoliciones.

—Sigue adelante, sin miedo —dice el director Ma—. Durante la Revolución Cultural me desterraron aquí, así que nos tratarán con respeto. —Luego telefonea al comandante Zhao, jefe de la Agencia de Demoliciones, y al director Jia, jefe de Seguridad Pública, que viajan en el coche que va detrás, y dice—: Entraremos primero nosotros. Esperad aquí. Si os necesito, llamaré.

El Land Cruiser se detiene frente a la casa de hormigón festoneada de banderas rojas. Antes de salir esta mañana, su red de informantes le ha avisado al director Ma de que el cuartel general de la protesta está en la casa falsa y que las torres de vigilancia improvisadas que la rodean solo cuentan con ladrillos, barras metálicas y bidones de gasolina y serían fáciles de someter. La casa falsa se alza justo a la entrada de la aldea. Tres postes de telégrafo derribados cortan la carretera y pancartas y banderas rojas ondean en los árboles de ambos lados. Los campos de alrededor están salpicados por otras viviendas falsas que los campesinos han construido en los últimos meses con la esperanza de que pasen por auténticas y obtener así una compensación mejor. Estas casuchas no tienen ni electricidad ni escaleras y se usan sobre todo para cultivar champiñones o criar cerdos. Aunque muchos aldeanos trabajan en las fábricas de la ciudad, pocos se han atrevido a salir de Yaobang últimamente por si les expropian las tierras en su ausencia. Para proteger sus propiedades han formado la Liga por la Defensa de la Tierra y se turnan para vigilar desde las torres. Aunque expulsaron a la última cuadrilla de demoliciones, la victoria no fue completa. Arrestaron a veinte aldeanos y treinta fueron hospitalizados; desperdigaron por el campo los champiñones de la choza de Gao Wenshe y un buldócer cegó el estanque del pueblo con tierra y mató todos los peces de colores del viejo Yang. Ma Daode ha sido informado de que para el asalto de hoy Genzai, el hijo del viejo Yang, ha construido un cañón y ha transformado su furgoneta de reparto en un tosco tanque armado.

Un grupo de lugareños se acerca a avisarles:

—No se permite la entrada de vehículos a la aldea.

—Pedidle al secretario Meng que venga a parlamentar —grita el director Ma, bajándose del Land Cruiser.

Encima del dintel de la casa de hormigón una pancarta reza TORRE DE VIGILANCIA DE LA LIGA PARA LA DEFENSA DE LA TIERRA. El director Ma se asoma por una ventana sin cristal y ve a varios aldeanos sentados en mesas jugando al mahjong. Durante el último mes, el secretario Meng le ha telefoneado infinidad de veces, suplicándole que convenza a las autoridades para que salven Yaobang. El director Ma trasladó la petición, pero sospecha que la promotora ha entregado un soborno suculento al alcalde Chen porque la cuadrilla de hoy tiene órdenes estrictas de arrasar la aldea. El valor del director Ma flaquea. El corazón le late con fuerza.

—El secretario Meng está en casa, enfermo en la cama —responde un joven de cabeza afeitada desde el fondo de la habitación.

—Pues entonces quiero hablar con Genzai, el comandante de la Liga para la Defensa de la Tierra —replica el director Ma, metiendo aún más la cabeza por la ventana.

—Soy yo —dice el joven, acercándose—. Un momento... ¿eres el viejo Ma? ¿Cómo has engordado tanto?

Genzai es igual de alto que su padre, el viejo Yang, pero las cejas y la frente le recuerdan a la hermana que se ahogó, Fang.

—¡Ah, Genzai, eres tú! —dice el director Ma, dulcificando el tono con la esperanza de congraciarse con él—. Tu querido padre, el viejo Yang, fue como un padre para mí. Se encuentra bien, espero...

—Mi padre me dijo que ahora que eras un líder municipal te habrías olvidado de los viejos amigos de Yaobang. —Genzai sale de la casa falsa y se lleva un cigarrillo a los labios.

—Como suele decirse: «Cuando bebes un vaso de agua, nunca olvidas quién la sacó del pozo». Le guardo cariño a la aldea de Yaobang, te lo aseguro. —El director Ma confía en ganarse a Genzai y que el resto del pueblo le siga.

—Bueno, pues entonces les dices a tus amigos de la Agencia de Demoliciones que se vayan a tomar por el culo —replica Genzai—. A menos que acepten nuestras demandas, no les dejaremos entrar.

Cuando Ma Daode llegó la primera vez a Yaobang como joven desterrado, vivió unos meses en casa del viejo Yang hasta que terminaron de construir la escuela nueva. Era una casita de ladrillo dividida en tres habitaciones mediante tabiques de adobe. La habitación central solo contenía una estufa de leña, algunos aperos de labranza y cestas de mimbre, así que el viejo Yang le reservó un rincón con una cortina de bambú. Fang, que por entonces tenía ocho años, solía arrodillarse frente a la estufa para poner agua a hervir. Genzai nació al poco de instalarse Ma Daode. Hoy, con camisa gris y pantalones de nailon, parece un administrativo municipal.

En el teléfono viejo que utiliza para conversar con su amante Li Wei, recibe un mensaje que dice: CADA MAÑANA TE SERVIRÉ PAN, LECHE Y HUEVOS DUROS. CONTIGO A MI LADO DESAPARECERÁN LAS PREOCUPACIONES… Ojalá pudiera apagar el teléfono y no tener que leer los mensajes, pero le ha prestado el otro móvil al comandante Zhao y necesita tenerlo encendido.

—La ampliación del Parque Industrial beneficiará a todo el mundo —dice el director Ma con una amplia sonrisa—. Recibiréis un piso en el pueblo nuevo, a solo dos kilómetros, y tendréis un buen empleo en alguna fábrica. Mira el puente que están construyendo. Lo han diseñado ingenieros extranjeros y será el primer puente de acero que cruce el Fenshui. Una magnífica puerta de entrada para los visitantes de Ziyang.

—¡Qué huevos tienes, director Ma! Te cuidamos durante cuatro años y ahora que eres funcionario, en lugar de devolvernos el favor, ¡vienes y nos derribas las casas! ¡Cabrón desagradecido!

Ma Daode reconoce al hombre que tiene delante. Durante la Revolución Cultural el padre fue tildado de «antiguo hacendado». Ma Daode estuvo una vez en su casa. Las paredes encaladas, el suelo de ladrillo impoluto y la tetera de arcilla evocaban las vidas más sencillas de un pasado lejano.

El director Ma se plantea pronunciar el discurso que ha ido hilando mentalmente, pero no quiere malgastarlo ante un público tan escaso. Se vuelve hacia el hombre de expresión más amistosa, el anciano cartero, y le dice:

—¿Puedes pedirles a los vecinos que salgan? Quiero decirles varias cosas importantes.

—Como alguien intente destruir el hogar de mis antepasados, lo mato —grita un joven con gorra de béisbol roja, plantado detrás de Genzai—. Hoy tenían que soltar a los veinte vecinos que arrestaron la última vez, pero todavía no han aparecido.

Ma Daode sabe que el joven es un confidente. Las autoridades le han prometido que si los derribos de hoy salen según lo previsto se convertirá en el chófer del gestor del Parque Industrial.

Dingguo, un viejo amigo del director Ma, se adelanta, con la cabeza vendada, y grita:

—¡No hace falta que medies!

En el último encontronazo con la cuadrilla de derribos, Dingguo recibió un porrazo en la cabeza cuando intentaba impedir que arrestaran a su hijo. El director Ma sabe que también debe ganárselo. Aunque es cuatro años más joven que él, Dingguo ya tiene todo el pelo blanco. Ma Daode recuerda cuando a Dingguo le gustaba salir con él a pasear y le contaba el origen de todos los perros de la aldea.

—Me alegro de verte, hermano Dingguo. Vamos a ver si llegamos a un acuerdo.

Ma Daode quiere empezar recordándole que le consiguió trabajo en el gobierno municipal a su hija Liu Qi.

—No sirve de nada hablar con funcionarios corruptos como tú —espeta el confidente de la gorra de béisbol roja—. No lo entendéis: si no podemos trabajar la tierra, los tractores y los arados se convertirán en herrumbre.

—Ahora te alimentas de manjares exquisitos, Ma Daode —dice Dingguo—, pero nosotros somos pobres labriegos. Si nos quitas la tierra, nos dejas sin nada. ¿Y cómo esperas que compremos una casa en el pueblo nuevo con la triste expropiación que nos ofreces?

A pesar de las arrugas profundas y las canas, cuando el enfado le tensa la cara Dingguo parece todavía un niño.

—¿Y los fajos de billetes que escondes bajo el colchón? ¿Por qué no nos das unos cuantos? —pregunta un hombre llamado Liu Youcai.

Su abuelo construyó el almacén de ladrillo rojo. Tras el ascenso de los comunistas al poder, sus padres lo donaron al Estado y se mudaron a la edificación anexa orientada al norte, cálida en invierno y fresca en verano. Es un hombrecillo sagaz de piel rubicunda y ojos negros, hipnóticos. En cuanto levantaron el templo taoísta en el monte Diente de Lobo, consiguió un permiso para instalar un puesto de adivinación a la entrada y gracias a los beneficios se ha comprado un Volkswagen familiar y una casa de dos plantas con placas solares. Los del pueblo acostumbran a acudir a él para pedirle consejo y orientación y, antes de partir a la ciudad a buscar trabajo, le consultan la fecha más halagüeña para viajar.

Liu Youcai mira al gentío, esperando a que callen todos, y luego se vuelve hacia el director Ma y dice:

—Se me ha notificado que el derribo de la aldea está programado para el mediodía. La última vez que intentaron echarnos no murió nadie. Pero como vuelvan los buldóceres, pelearemos hasta el final. Te han mandado a ti primero para camelarnos, ¿a que sí? Si ganas la batalla, te nombrarán secretario municipal del Partido, seguro. Si la pierdes, conservarás el puesto actual. Pero nosotros, si perdemos, nos convertiremos en vagabundos desarraigados y pasaremos lo que nos quede de vida entrando y saliendo de la cárcel, presentando recursos en vano. ¿Qué podríamos sacar de pactar? A lo sumo, algún empleo en una fábrica del Parque Industrial. Pero piensa en lo que perderíamos: el templo budista centenario, el histórico Salón Ancestral del Clan Liu, las casas con patios de ladrillo negro, que son únicas, la acacia blanca de mil años. Nuestros antepasados eligieron este lugar para instalarse por su ubicación privilegiada, con la cordillera que se extiende como un dragón protector hacia el norte y el río de la vida al sur. En los últimos doscientos años el pueblo ha dado cuatro estudiosos eminentes y tres funcionarios del condado. Hemos decidido defender Yaobang hasta morir, no solo para preservar nuestro medio de vida, sino, sobre todo, para conservar nuestro legado y las tumbas de nuestros antepasados. De modo que, lo siento, director Ma, pero no vamos a aceptar la mísera compensación que nos ofreces.

—¡No os aferréis a ridículos sueños de clan! —replica el director Ma—. Abrazad el Sueño Chino, que luego será el Sueño Global, y el mundo se abrirá para vosotros. Podréis emigrar a Europa y vivir en el castillo o la finca que más os guste.

—¿Crees que vas a engañarnos con esa gilipollez? —grita Genzai—. ¿Por qué no te largas tú a Europa y, ya puestos, visitas a tu viejo amigo Karl Marx? Conocemos nuestros derechos. ¿Te acuerdas del discurso que dio el presidente Xi Jinping la semana pasada? Mira, hemos pintado una cita en la pared: CUALQUIER FUNCIONARIO QUE EXPROPIE TIERRAS DE FORMA VIOLENTA EN PERJUICIO DE LOS CAMPESINOS TENDRÁ QUE RESPONDER ANTE LA JUSTICIA.

—Hemos oído que Ziyang y Zigong han desplazado hasta aquí cien agentes armados y ochenta antidisturbios. Pero no tenemos miedo. ¡Nos apoya el mismísimo presidente Xi Jinping!

El hombre que grita desde el tejado de la casa falsa es Guan Dalin, el director comercial de la cementera del Parque Industrial. Es capaz de vaciar una botella de vino de arroz de una sentada y el único de la aldea que ha conseguido casarse con una mujer con permiso de residencia urbana.

El director Ma se siente fuera de lugar y sofocado, como un cisne atrapado en un gallinero. En toda su carrera, jamás se había enfrentado a un desafío tan hostil.

—Nos hemos preparado para la batalla —dice Genzai—. Ayer pintamos un retrato enorme del presidente Xi. Está ahí arriba en la azotea. Cuando lo despleguemos sobre la fachada, a ver qué excavadora se atreve a acercarse. ¿Sabías que de joven el presidente Xi pasó siete años en esta provincia?

—Lo mandaron al norte de la provincia... no tuvo relación con nadie de aquí —replica el director Ma—. ¿Sabes algo de las luchas violentas al principio de la Revolución Cultural, antes de que disolvieran la Guardia Roja y los expulsaran a todos al campo? Por entonces, ni siquiera la muerte permitía huir del terror. Ese almacén rojo de ahí se llenó de cadáveres. El hedor atraía a las moscas, que se pegaban a los ladrillos en nubes tan densas que el edificio parecía de color esmeralda oscuro. Había muertos tirados por todas partes. Lo vi con mis propios ojos, compatriotas. Vi a dos niños de facciones contrarias gritar «Larga vida al presidente Mao» antes de dispararle al otro a la cabeza. No debemos repetir las tragedias del pasado. Más de trescientos guardias rojos y trabajadores rebeldes yacen enterrados en ese bosquecillo. —Consciente de que vuelve a adentrarse en el pasado, el director Ma se calla y cierra la boca.

—La «rebelión cultural» o como se llame... no tenemos ni idea de lo que hablas —dice el joven cultivador de champiñones, Gao Wenshe, con los dientes de conejo destellando al sol—. Lo único que sabemos es que este es nuestro pueblo y, si intentan echarnos, lucharemos hasta el último aliento.

El director Ma se dirige a un joven con un pendiente en la nariz, vaqueros y camiseta negros, y le pregunta:

—¿Cómo te llamas? No te tengo visto.

—No preguntes... No soy de por aquí —responde, agitando su móvil con un gesto despectivo.

—Su madre, Juduo, nos ha sido de gran ayuda —explica Genzai—. Se mudó a Zigong hace unos años para dar clases en el instituto. Desde que recibimos la orden de desahucio del gobierno ha venido varias veces a informarnos sobre las leyes de expropiación de tierras.

—¿Eres el hijo de Juduo? —le dice el director Ma al joven en el tono más amistoso que puede—. La conozco bien. Le gusta cantar óperas revolucionarias, ¿a que sí? Recuerdo que en una manifestación en contra de la novela burguesa *Los forajidos del pantano* cantó un verso precioso: «Tengo más tíos de los que puedo contar, con corazones leales y rojos».

—¿Cómo te atreves a mentar a mi madre, cerdo? —le suelta el joven con desdén—. Tenemos baldes de estiércol para echártelos a ti y a los otros cerdos que has traído contigo.

El gentío se ríe. Ma Daode también quiere reírse, pero cuando piensa que en menos de dos horas arrestarán a toda esa gente, la apalearán o la matarán, aprieta la mandíbula, atemorizado.

—Juduo es una de la veintena de vecinos que arrestaron la última vez y todavía sigue en prisión —explica Liu Youcai, y sus ojos negros ya no brillan.

La multitud sigue creciendo. El móvil del director Ma sigue vibrando, pero él no se atreve a contestar. No sabe qué hacer. A mediodía se bloquearán las señales de los móviles. Sabe que lo han mandado allí por guardar las apariencias, para que el gobierno pueda argumentar que estaba dispuesto a negociar. Pero, convenza o no a los aldeanos para que se marchen, Yaobang va a ser demolido.

Se enciende un cigarrillo, inspira hondo y mira hacia el monte Diente de Lobo y el campo que se extiende hasta los bosques oscuros a sus pies. *Una noche, después de diez horas de trabajo duro, la pandilla de jóvenes desterrados nos reunimos al final de ese campo para jurar fidelidad eterna al presidente Mao. Juan temblaba de agotamiento y se le cayó sin querer el ejemplar de* El libro rojo. *Consciente de que su vida corría peligro si alguien se daba cuenta de que había dejado caer al barro la colección sagrada de pensamientos de Mao, me apresté a recogerlo y devolvérselo. Por suer-*

te, había tantas banderas rojas por todas partes que nadie lo vio. Esa noche, Juan se acercó a mi cama, me dijo que se había dejado un guante en el campo y me pidió la linterna. Salí con ella para ayudarla a encontrarlo y, para darme las gracias por haberle salvado la vida, hizo que me adentrara con ella en los bosques oscuros.

El director Ma conoce la orden de REALIZAR EL SUEÑO CHINO Y LUCHAR HASTA EL FINAL POR NUESTRA TIERRA de la pancarta roja que cruza la carretera, porque es lo que sus empleados y él son instados cada día a cumplir cuando entran a trabajar.

La fuerza del sol ha convertido la tierra en un polvo fino que cubre la carretera. Cada vez que pasa una moto, se levanta una nube amarilla. El director Ma decide que ha llegado el momento de pronunciar el discurso. Ahora se habrán congregado un centenar de vecinos. Un grupo pequeño se ha acercado al Land Cruiser a admirar el lujoso interior y charlar con el representante de la Agencia de Demoliciones. El director Ma se sube al techo de un coche abollado, levanta el megáfono que le ha entregado Hu y dice:

—Compatriotas, me llamo Ma Daode. Pasé cuatro años aquí durante la Revolución Cultural, trabajando los campos y enseñando en la escuela. Y antes, durante la Gran Hambruna, viví aquí seis meses con mis padres. Quiero a estas montañas y ríos tanto como vosotros, y aplaudo vuestra determinación al intentar protegerlos. Hoy no he venido a obligaros a marcharos, esa no es mi tarea. No, hoy he venido simplemente a advertiros de que el equipo de demolición llegará a mediodía. Si os resistís, tendréis que sufrir las consecuencias: la desposesión, la falta de un hogar, hasta puede que la muerte. Pero si os marcháis por las buenas y aceptáis el reasentamiento voluntario, el nuevo Parque Industrial os reservará cientos de puestos de trabajo. ¡Veréis el Sueño Chino de Rejuvenecimiento Nacional en acción! Compatriotas...

—¡Ya basta de intentar engañarnos! —grita Dingguo, enfurecido por la traición de su viejo amigo—. Nos prometieron una compensación de setenta millones de yuanes, pero solo hemos recibido novecientos mil. Equivale a menos de mil yuanes por persona. Si nos quitáis la tierra, ¿cómo queréis que nos ganemos la vida? En la primera fase de expansión del Parque Industrial consiguieron trabajo cuarenta vecinos del pueblo y a la mitad ya los han despedido. La segunda fase será otra promesa vacía.

—¿Quién te da derecho a confiscar el hogar de nuestros antepasados? —chilla una vieja entre el gentío blandiendo el bastón.

—Bueno, la mitad habéis firmado el contrato de reasentamiento voluntario —replica el director Ma.

Sabe que la aldea fue construida por la venerable familia Liu cuando llegó procedente de la provincia de Shanxi. En el Salón Ancestral del Clan Liu hay una placa de piedra de la dinastía Song con el siguiente poema: EN EL VIEJO CAMINO, NOS DESPEDIMOS DE LA TIERRA DE LAS SÓFORAS. / UN MILLAR DE LIS RÍO ABAJO, EL BOSQUE DESTILA SENTIMIENTOS. / FUNDAMOS NUESTRO HOGAR A LOS PIES LLUVIOSOS DEL DIENTE DE LOBO.

—Pero si hoy nos desahucias a la fuerza, todos los que firmaron perderán el derecho a una compensación —se queja un joven—. ¡Es una trampa!

—El gobierno lleva años de connivencia con promotores inmobiliarios corruptos —dice una mujer sosteniendo una bolsa de la compra—. ¡Míranos! El río Fenshui se ha vuelto negro como el té, está lleno de peces muertos. Cuando regamos los campos con sus aguas las plantas se mueren.

Al director Ma se le hace un nudo en la garganta.

—Las nuevas directrices medioambientales nos obligaron a cerrar la cementera, por eso se despidió a los trabajadores que decís. Pero esta segunda fase se centrará en altas tecnologías, o sea que los empleos están garantizados. Si queréis una vida mejor, tendréis que renunciar a algunas cosas. Os pagaremos un precio justo por la tierra, no esperéis cobrar por las casas falsas que habéis levantado en esos campos.

—Pues las chozas de Yiniao no tenían ventanas y el gobierno pagó la expropiación —grita desde la azotea el director comercial Guan Dalin.

—El pueblo nuevo se edificará ahí mismo, a los pies del monte Diente de Lobo —insiste el director Ma, señalando a lo lejos—. El plan ya está aprobado. Dentro de dos años trabajaréis en el Parque Industrial, cogeréis el autobús de vuelta a casa, os daréis una ducha caliente y veréis la tele en un piso nuevecito. ¡Viviréis el Sueño Chino! —El director Ma gesticula con tanta pasión que casi pierde el equilibrio.

—¡Otra vez hablando de sueños! Con las migajas que nos ofrecéis nunca podremos permitirnos uno de esos pisos nuevos. Te lo advierto, si no dejas de acosarnos me subo a un autobús y me prendo fuego como el hombre ese del otro día. —Guan Dalin se refiere a un campesino de la aldea vecina que se inmoló en un autobús repleto de pasajeros para protestar por la expropiación de sus tierras.

—Dile a la cuadrilla de demolición que me he traído una lata de diésel y, como se les ocurra entrar en mi casa, yo también me inmolo. —Este hombre de mediana edad con uniforme de camuflaje del ejército lleva unos prismáticos colgando del cuello y sujeta a un labrador atado a una correa.

—A ese la última vez le dieron un porrazo en la cabeza —susurra el confidente al director Ma, quitándose la gorra de béisbol roja para secarse el sudor de la frente—. El coche al que te has subido es suyo.

Un grupo de hombres sale de la casa de hormigón cantando: «Esta es nuestra tierra. Cada grano de este suelo es nuestro. Si el enemigo quiere arrebatarlo, pelearemos hasta la muerte...». Todos conocen esas canciones de la Revolución Cultural ahora que las vuelven a poner en la radio todo el tiempo. Ma Daode recuerda cantar esa misma canción, de pie en el balcón de la Torre del Tambor de Ziyang, agitando una bandera de Oriente Es Rojo. El cuero cabelludo le sudaba entonces igual que ahora.

—Atended, compatriotas —grita—. Dos unidades de la policía armada entrarán hoy por la fuerza en el pueblo acompañadas de la guardia municipal y sus ayudantes. No podéis ganar. Como dice el refrán: «Un brazo no puede derrotar a una pierna». Rendíos y confiad en que el gobierno vela por vosotros.

—¡Basta de mentiras! —dice Dingguo, agarrando una pala—. Nada de lo que digas nos hará cambiar de opinión. Estamos dispuestos a morir por el pueblo. Hemos prometido que, si hoy cae alguno, el resto cuidará de sus hijos. Tienes suerte de los lazos que te unen a este lugar, si no te habríamos dado una paliza. Así que lárgate y diles a tus jefes que no nos rendiremos nunca.

Ma Daode sabe gracias a Liu Qi que en el último ataque también detuvieron al hermano de Dingguo. Bebe un trago de la botella de agua que le pasa Hu y responde:

—No se tocará una piedra del Templo de la Luz de Buda ni del Salón Ancestral, lo prometo. Solo derribarán el cementerio y las casas viejas. Luego trasladaremos el pueblo y podréis comenzar de nuevo. ¡Aprovechad la oportunidad, compatriotas! Nuevos caminos se abrirán para quienes abandonen las dudas; la primavera eterna espera al que supera las reticencias.

—¿Ves este cuchillo de cocina? —pregunta una chica con un herpes labial enorme, saliendo de la casa de hormigón—. Como se me acerque el comandante Zhao, ¡le corto la polla!

Genzai grita desde la azotea:

—¿Y qué harás con ella cuando te la lleves a casa?

Todos se ríen y los perros ladran con ellos.

Ma Daode recuerda cuando arrastró al secretario Meng hasta la plaza del pueblo para someterlo a una denuncia pública. Otro joven desterrado le puso una escupidera en la cabeza y los aldeanos se carcajearon. Ahora ve las mismas sonrisas pintadas en los rostros que lo rodean. Intenta regresar al presente, pero los recuerdos son como balones en un estanque: cuanto más fuerte trata de hundirlos, con más fuerza resurgen.

—¡Compatriotas! —brama con todas sus fuerzas—. Para salvaguardar los logros de la revolución debemos desmantelar vuestra plaza. Se eliminará a todo el que se oponga a la línea revolucionaria del presidente Mao.

De pronto se recuerda de pie frente al cuartel general del Millón de Osados Guerreros al final de las luchas violentas. En la fachada se leía la cita favorita de Mao de *Sueño en el pabellón rojo*: SOLO QUIEN NO TEME MORIR DE MIL CORTES SE ATREVE A DERRIBAR AL EMPERADOR, que él mismo había pintado allí el año antes. En la barricada de costales de arpillera que tiene delante ve las trescientas balas que acaba de entregar su facción. La angustia de la derrota le encoge el corazón. Durante su primer mes en Yaobang, adonde lo mandaron pocas semanas después, se le hacía tan raro dormir sin una pistola en la mano que solía despertarse aterrado en plena noche y ya no volvía a conciliar el sueño.

—¿Qué quieres decir con «la línea del presidente Mao»? —repite con desdén Liu Youcai—. ¡Este es el imperio del presidente Xi!

—Sí, perdón, quería decir que ¡el Sueño Chino del presidente Xi llevará la felicidad a toda la nación! —Sin saber si emplea las palabras adecuadas para la época, el director Ma, aturullado, salta del coche abollado y le devuelve el megáfono a Hu. Luego mira el móvil y comprueba que solo faltan diez minutos para mediodía. A lo lejos ya oye el rumor de los camiones y buldóceres en movimiento. El ruido evoca la imagen de una patrulla del Millón de Osados Guerreros desfilando por la Carretera de la Victoria rifles en alto y apresando a todos los que encuentran a su paso: niños repartiendo folletos, transeúntes, enemigos de clase cavando zanjas en la tierra, y conduciéndolos a la plaza pública de la Torre del Tambor mientras otra unidad ocupaba la azotea de la oficina general de correos y apuntaba a la muchedumbre de la plaza.

Desde el balcón de la Torre del Tambor el comandante del Millón de Osados Guerreros gritó: «¿Cómo os atrevéis a atacarnos, malnacidos de Oriente Es Rojo? Si no os rendís inmediatamente, os detendremos a todos». Llevaba un pesado abrigo militar con la pistola en el cinturón. Como era el único guardia rojo de Ziyang que había asistido a uno de los mítines de masas de Mao en Pekín, y su padre era general del ejército, había sido elegido el líder sin discusión. Chun el Bizco estaba conmigo en la plaza. Agitó un panfleto y chilló: «Conservadores enemigos de la Guardia Roja, Oriente Es Rojo jamás se rendirá. ¡Defenderemos la línea revolucionaria del presidente Mao hasta la muerte!». Al segundo, atronaron dos disparos, le fallaron las rodillas y se desplomó. Dentro de mi bolsillo, yo seguía aferrando la baraja de cartas que acababa de darme y a la que le faltaba el rey de tréboles. Me miró desde el suelo y preguntó: «¿Voy a morirme?». «No lo sé», respondí. «Voy a convertirme en cadáver, lo noto –farfulló, con la voz cada vez más débil–. No me entierres. No...». Intentó seguir parpadeando hasta que abrió los ojos por última vez y ya no pudo volver a cerrarlos.

El director Ma mira hacia el Templo de la Luz de Buda para pensar en otra cosa. Es un edificio antiguo de ladrillo gris con una cubierta alta de tejas amarillas. Hace cien años, acogió el cadáver embalsamado de un antepasado de los Liu que llegó a *bodhisattva*.

A medida que los buldóceres se acercan, la tierra tiembla y los aldeanos se dispersan. Los jóvenes suben a la azotea de la casa de hormigón, mientras que las mujeres y los niños buscan cobijo en las calles.

El móvil del director Ma vibra. LÉELO, VIEJO CARIÑITO: UN HOMBRE LEE ESTE ANUNCIO: «SIN CIRUGÍA. PARA CONSEGUIR UN PENE MÁS GORDO Y LARGO, MÁNDENOS UN CHEQUE CUANTO ANTES». ASÍ QUE LO MANDA Y A LOS POCOS DÍAS RECIBE UN PAQUETE QUE CONTIENE... ¡UNA LUPA! No le ha dado tiempo a sonreír cuando oye a Liu Youcai gritándole: «¡Si Ma Lei viera cómo nos traicionas se revolvería en la tumba!». Mientras el director Ma se apresta a borrar el mensaje, ve la cara de su padre, que se retuerce haciendo una mueca morbosa. Se acuerda de que en invierno su padre llevaba siempre una chaqueta negra guateada y en verano una túnica larga blanca. Cuando lo condenaron por derechista en 1959, por culpar al sistema agrícola colectivista del Gran Salto Adelante de Mao de la gran hambruna que asoló la mayor parte del país, le retiraron el cargo de jefe del condado de Ziyang y lo mandaron a Yaobang a controlar la producción y distribución de grano. En lugar de dar el brazo a torcer, su padre siguió criticando el sistema y escribió un artículo donde revelaba que la cosecha anual de los maizales de Yaobang se había reducido a la mitad desde la colectivización de las granjas. Los aldeanos admiraban su valentía y sinceridad y, aunque les habían ordenado hostigarlo, lo dejaban en paz. Ocho años después, cuando enviaron a Ma Daode a reeducarse en el campo, pudo aprovechar las relaciones de su padre para conseguir un puesto en Yaobang. Como es el pueblo más cerca de Ziyang, todos los guardias rojos de la ciudad querían exiliarse allí.

El rugido de las excavadoras acercándose estremece a Ma Daode. Detrás de las máquinas ve un furgón tras otro de policía armada y guardia municipal avanzando entre la polvareda.

—Vámonos, Hu —dice—. He intentado ayudarles, pero la amabilidad rara vez se recompensa.

Hu se adelanta y hace una señal al chófer. Mientras el Land Cruiser da la vuelta Ma Daode ve reflejada en el parabrisas la cara sanguinolenta que le acecha en sueños. *Al día siguiente de que mataran a Chun el Bizco de un par de tiros en la plaza de la Torre del Tambor, entramos con una camioneta blindada en la oficina general de correos. Yo iba de pie en la caja abierta del vehículo, arrojando granadas de mano y lanzas contra los guardias rojos del tejado.*

El director Ma mira hacia el puente que están construyendo sobre el río Fenshui y piensa en los cadáveres enterrados en la otra orilla, donde antes estaba el bosquecillo. *Una mañana atamos a tres chicos del Millón de Osados Guerreros a la parte de atrás de la camioneta, junto a los cadáveres de seis camaradas. El más alto era un matón grandote que yo conocía de primaria. Nuestro himno de Oriente Es Rojo sonaba a todo volumen por los altavoces: «Nos clavan una navaja ensangrentada en la garganta y piensan que estamos muertos. ¡Pero no moriremos nunca! La bandera de Orien-te Es Rojo ondeará para siempre en el viento acre y la lluvia carme-sí...». El chico que escribió la letra del himno había muerto en el campo de batalla la semana anterior. Al llegar al bosquecillo desata-mos a los tres prisioneros y les obligamos a cavar una tumba para los cadáveres y luego los enterramos vivos con ellos. No... no es del todo verdad. Antes de rellenar la tumba con tierra, primero apuñalamos a dos de los prisioneros. Íbamos a apuñalar también al matón, pero nos dio miedo que gritara «Larga vida al presidente Mao» mientras la hoja se le hundía en el pecho, así que le llenamos la boca de rami-tas y lo enterramos vivo con los ocho cadáveres.*

SI FUERAS UNA LÁGRIMA, NO VOLVERÍA A LLORAR NUNCA MÁS PARA NO PERDERTE... El director Ma no hace caso de este último mensaje y escribe en el móvil que sostiene en la otra mano: ALCALDE CHEN, PESE A QUE HE PUESTO TODO MI EMPEÑO EN CONVENCERLOS, LOS ALDEANOS SE NIEGAN A MARCHARSE. Al mandarlo se fija en que está perdiendo la señal, así que se apresura a escribirle a Wendi, la agente inmo-biliaria: ESTA NOCHE PASO A VERTE Y TE MATO A POLVOS, seguido de una fila de emoticonos enfadados.

Un ladrillo aterriza en el techo del Land Cruiser. Al me-nos no ha roto el parabrisas.

Desde detrás de un muro de barro un cañón improvisado lanza huesos de pollo en llamas y condones rellenos de polvo de cemento. La policía alza los escudos de plástico para prote-gerse, luego los baja. Gorilas de la guardia municipal vestidos con camisetas negras blanden las porras y atizan alegremente a la muchedumbre. El director Ma ha quedado atrapado entre dos furgones policiales y una ambulancia.

Alza la mirada hacia la azotea de la casa de hormigón y ve a Genzai desplegando un retrato inmenso del presidente Xi Jinping.

—Es tan grande como el cartel que hemos encargado para el Sueño de las Bodas de Oro —comenta Hu—. Les habrá costado una fortuna plastificarlo.

Cuando se unió al batallón suicida de Oriente Es Rojo para atacar la oficina general de correos, los camaradas del director Ma echaron un vistazo a las palabras LARGA VIDA AL PRESIDENTE MAO de la enorme pancarta que colgaba sobre la entrada y se quedaron petrificados. *A mí también me daba miedo tocar aquel eslogan rojo sagrado, pero les dije que si no atacábamos nos matarían. Así que entramos arrastrándonos por debajo de la pancarta. En cuanto asomamos al otro lado, uno murió en el acto de un ladrillazo en la cabeza.*

—Que no ataquen todavía la casa de hormigón —ordena Ma Daode a los hombres de los buldóceres—. Primero hay que descolgar a Xi Jinping.

Le alivia descubrir que por fin lo que piensa en la cabeza se corresponde con las palabras que salen de su boca. Un olor a podrido que parece emanar tanto del pasado como del presente le inunda los pulmones. El director comercial Guan Dalin está de pie en la azotea al lado de Genzai, ondeando la bandera nacional. Algunos jóvenes que acaban de regresar del trabajo en las fábricas de la ciudad se han encaramado a las barricadas de la entrada del pueblo y filman la escena con los teléfonos móviles.

—Recordad que nuestro objetivo es evacuar el pueblo sin derramamiento de sangre —grita el jefe de los municipales—. Esta vez tenemos que actuar con rapidez y no repetir los errores que cometimos la semana pasada en Xiaozhai.

La moderna cresta de mohicano que se ha hecho esta mañana no casa con el uniforme oficial. Su equipo se ha puesto los cascos amarillos y sus pastores alemanes negros ladran a los perros del pueblo. Aunque todavía no ha empezado la batalla, el director Ma ve patas de sillas rotas en las ramas de los árboles y las calles de Ziyang sembradas de ladrillos y cadáveres tras otro ataque del Millón de Osados Guerreros. *Llevamos a los camaradas fallecidos a la orilla del río, nos lavamos la sangre de las manos, nos pusimos uniformes limpios y celebramos un funeral a los pies de la Torre del Tambor. Nos rodeaban los cadáveres de nuestros enemigos bajo el sol abrasador de junio. Estaban hinchados y hedían. Una chica muerta tenía la cara infestada de moscas y el envoltorio de un polo pegado al cabello. Tras el choque de hoy no quedarán cadáveres en la calle. Hay ambulancias con bolsas especiales preparadas para llevárselos y hasta tienen jaulas para las mascotas huérfanas.*

Sacan a Dingguo a rastras de la casa de hormigón y lo inmovilizan en el suelo.

—¡Largaos a la puta Siberia, hijos de puta! —grita a los agentes—. ¡Que se os mueran las hijas congeladas con los putos osos polares!

—Esposad al imbécil ese y al furgón con él —ordena el cabecilla de los municipales con un pitillo entre los labios.

La chica que ha amenazado con cortarle el pene al comandante Zhao también está inmovilizada y esposada. Mientras forcejea, tuerce la cabeza y muerde al agente en el brazo, pero recibe un puñetazo.

—Follaperros —grita la chica.

Al ver el mordisco del brazo, el agente grita:

—¿Cómo cojones te atreves a morderme, guarra? Espera a que te pille esta noche…

—Espera tú a que amarre a tu madre a un ventilador y la tenga girando hasta la muerte… —Se le han saltado los botones de la camisa y se ve cómo le tiemblan los pechos cuando grita.

—¡Mete a esa puta en el furgón! —brama el cabecilla. Una banda de antidisturbios la empuja dentro del vehículo.

A uno de los policías que está tratando de descolgar el póster de Xi Jinping le lanzan un bidón de gasolina. El líquido moja la cara del presidente, que prende al instante. Mientras el miedo paraliza a los vecinos de la calle, los oficiales armados desafían a las llamas y sacan a los que todavía quedan dentro de la casa de hormigón. Se aproxima un camión de carga frontal. El anciano cartero arranca a correr y golpea a un guardia municipal con una barra de hierro. Mientras el guardia sangra por el cuello, un policía armado con porra eléctrica y escudo antidisturbios golpea al cartero y lo derriba a patadas.

El director Ma recuerda el día en que Oriente Es Rojo atacó un hospital ocupado por el Millón de Osados Guerreros. *Cuando se nos acabaron las balas, nos protegimos detrás de una pila de vallas de propaganda, esperamos a que el Millón de Osados Guerreros gastara las granadas y los cócteles molotov y luego cargamos y los asaltamos con aperos de labranza. Luchamos día y noche y fuimos avanzando desde la planta baja hasta la cuarta. Por todos lados resonaban palas, azadas y lanzas. Yao Jian tenía un tajo en un lado de la cara. Se me echó encima y forcejeamos en el suelo. Dos años antes, haciendo el bruto con los compañeros de clase por el pasillo de la escuela, Yao Jian había intentado derribarme, así que lo había tirado al suelo de un empujón y las canicas que llevaba en el bolsillo salieron disparadas por el cemento. Esta vez, en el pasillo del hospital, levanté una azada de hierro dispuesto a atizarle, pero me la quitó de las manos de una patada, saltó y me agarró del pelo y tiró hacia atrás, sacó unas tijeras y presionó con la punta contra mi cara. Yo le di un buen puñetazo en la mandíbula, le arranqué las tijeras afiladas y, de un solo gesto, se las clavé en el cuello. La sangre asquerosamente tibia que le salía por la boca me salpicó por toda la cara.*

Los aldeanos gritan «¡Larga vida al presidente Xi!» y arrojan piedras y cócteles molotov. Los obreros de los derribos comienzan a avanzar hacia el pueblo protegidos con cascos amarillos detrás de un cordón policial. Los ayudantes con los perros y las horcas embisten primero y persiguen a los vecinos que se escapan. Una pareja anciana que se ha caído al suelo grita «¡Larga vida al presidente Mao!» mientras dos mujeres policías se los llevan a rastras.

Un cóctel molotov prende la pancarta roja que reza HAZ REALIDAD EL SUEÑO CHINO, ¡LUCHA HASTA EL FINAL POR NUESTRA TIERRA! Ma Daode huele los vapores de la gasolina.

El cuartel general de Oriente Es Rojo apestaba a diésel, tinta de impren-
ta y ajo. Éramos unos cien los que dormíamos allí. Cuando el Millón de
Osados Guerreros recibió un cañón de sus partidarios en el Ejército
de Liberación Popular, volvieron a atacarnos. Un centenar de Guerre-
ros rodeó el cuartel general y cargó contra la planta alta al grito de
«¡Rendíos y os perdonaremos la vida!». Cuando llegaron al salón
de arriba, un guardia rojo agarró a un chico llamado Cui Degen, que
estaba a mi lado, lo tiró al suelo, lo esposó y le golpeó una y otra vez
en la cabeza con una granada de mano hasta que puso los ojos en
blanco y empezó a sacudir las piernas. Yo agarré una pica y se la clavé
al asesino. Entonces se abalanzaron sobre mí otros dos guardias rojos
y peleamos a puñetazos hasta que uno me clavó tres puñaladas en el
pecho y me derrumbé. Entonces Sun Tao, un chico que iba un curso
por detrás que yo, se separó del grupo del Millón de Osados Guerreros,
me dio un bofetón y chilló: «¡Eres hijo de un perro derechista!».

−¡Defenderemos al presidente Xi con la vida! −brama
Genzai al cordón de policías armados con escudos−. ¡Atacad
si no teméis morir!

Un buldócer embiste la casa de hormigón y destroza una
parte de la fachada. La gente de la azotea, temiéndose que la
estructura ceda, se tira bocabajo al suelo. Pero el director comercial Guan Dalin sigue de pie, enciende tranquilamente
una cerilla y se prende fuego. Durante unos segundos bota
como un loco entre las llamas, luego salta del tejado, aterriza
en el buldócer y rueda por la calle. Los bomberos lo rocían
con los extintores y mientras se agita cubierto de espuma
aúlla: «Larga vida al presidente Xi Jinping»... *Uno de los chicos*
del Millón de Osados Guerreros recibió el impacto de un cóctel mo-
lotov en nuestro cuartel general. Nos quedamos plantados viendo
cómo brincaba entre las llamas naranjas y luego, despacio, se de-
rrumbaba. Cuando un camarada suyo se acercó para llevarse el ca-
dáver, levanté la pistola y le disparé a la cabeza.

El buldócer acelera otra vez, escupiendo una humareda de
diésel, y arremete de nuevo contra la casa con una estruendo-
sa embestida.

—Mirad —grita el comandante Zhao, con el sudor goteándole por la cara—. Los obreros de la construcción se acercan desde el puente a ayudar a los vecinos.

—Y esos conductores se han parado para ver qué pasa —responde a gritos el jefe Jia—. Rápido, sargento Pan, acordone la zona y arreste a cualquiera que filme con el móvil.

La casa falsa al final sucumbe entre un estrépito ensordecedor. El director Ma entrevé fugazmente a Genzai, derrumbándose entre la lluvia de hormigón, aferrado todavía a la bandera nacional mientras el sol le arranca destellos de la calva afeitada justo antes de que desaparezca entre una nube de polvo. Recuerda que cuando cavó la tumba de sus padres en el bosquecillo del otro lado del río, apretaba en la mano derecha una insignia del presidente Mao. Baja la mirada y descubre un condón roto, y junto a él una insignia exactamente igual a la que rememoraba, dorada, con la cara del presidente Mao. Un ladrillo le pasa volando por encima de la cabeza y choca contra el parabrisas de un coche policial. El jefe Jia se baja la visera y grita:

—¡Putos vándalos!

Las orugas de los buldóceres levantan olas de polvo; huele a cebolletas y orines. El director Ma ve a un hombre de mediana edad vestido de camuflaje arrastrarse hacia el furgón policial.

—¡Hijos de puta! —grita el hombre, soltando espuma por la boca—. Como me tiréis la casa, me mato aquí mismo.

Ha perdido el zapato izquierdo tratando de soltarse y hunde los dedos descalzos en la tierra. Su labrador también suelta espumarajos por la boca.

—Muy bien, mátate si quieres —le responde a gritos el jefe Jia, furioso porque el campesino se ha atrevido a ponerse un uniforme militar.

—¡Si me tiras la casa, mato a tu madre! ¡Te mataré! —Mientras sigue gritando, la policía agarra al perro y lo mete en una jaula.

Las orugas de los buldóceres traquetean y chirrían. Llegan más vecinos desde una calle lateral con idea de sumarse al ataque, pero al ver la enorme columna de policías armados, sueltan las horcas y huyen.

En cuanto los agentes se hacen con los cañones y tanques caseros, la situación se calma. También detienen a los confidentes de las gorras de béisbol rojas para no levantar sospechas. El director Ma huele el perfume de una de las detenidas. El pintalabios y las mechas rubias le invitan a pensar en los placeres de alcoba. La mujer tiene una soga al cuello y tres policías la empujan al interior del furgón policial.

Mientras Ma Daode da media vuelta y se dirige al Land Cruiser, un vecino lo golpea con una bici abollada y el director Ma cae despatarrado de espaldas con las piernas temblando. Hu corre a asistirlo. El comandante Zhao también ha recibido un golpe en la cabeza y lo transportan a la ambulancia en camilla. Al pasar por el lado, el director Ma le coge la mano y dice:

—Camarada, dame tu *Libro rojo*. Ya lo guardo yo. Has caído en combate como un héroe. Tienes el brazalete de la Guardia Roja empapado de sangre. Pero no te asustes. La bandera de Oriente Es Rojo ondeará eternamente en las calles de Ziyang…

—¡Vamos, director Ma! —dice Hu, tratando desesperadamente de llevarlo al coche.

—¿Me has tomado por un puto esclavo, Ma Daode? —grita el comandante Zhao mientras conducen la camilla a la ambulancia—. ¡No cobras más que yo! Obligarnos a demoler pueblos enteros para costear tus malditos espectáculos para el Sueño Chino y el puto Dispositivo para el Sueño Chino. Hijo de… —Levanta un puño tembloroso de pura rabia mientras se cierran las puertas de la ambulancia.

—Sí, vámonos, no me encuentro bien —dice Ma Daode.

Ya dentro del Land Cruiser, saca el móvil y lee un mensaje nuevo: DIRECTOR MA, ¿NO HABÍAMOS QUEDADO PARA

—Por cierto, ¿fue usted miembro de Oriente Es Rojo, director Ma? —pregunta Hu—. Me he fijado en que últimamente tiene muy presente la Revolución Cultural...

Es la primera vez que Hu le pregunta al director Ma por su pasado. Aunque el tono es despreocupado, el director Ma capta una chispa en la mirada y sospecha que esconde algo más.

El señor Tai arranca, pero no puede avanzar porque la calle está cortada por varios vehículos.

—Sí, me uní a Oriente Es Rojo. Ver al comandante Zhao con la cabeza vendada me ha recordado la época de las luchas violentas. En enero de 1968, los chicos del Millón de Osados Guerreros atacaron nuestro cuartel general en la Facultad de Maquinaria Agrícola. Nosotros solo teníamos doce rifles que habíamos requisado de la oficina de entrenamiento militar de la universidad, pero ellos acababan de recibir un cañón y cincuenta pistolas de sus simpatizantes del ejército. Entraron a millares en el edificio y nos atacaron sala tras sala, arrojando granadas de mano al avanzar. El ruido te reventaba los tímpanos. Cuando llegaron arriba del todo, ataron a nuestro subcomandante y lo torturaron con dos taladros. Caían tripas y sangre por todos lados. Y lo llamaban Revolución Cultural... ¡Los cojones! Fue una lucha armada. Si no nos hubieran rescatado las fuerzas auxiliares, los sesenta prisioneros habríamos muerto. Aun así, me apuñalaron tres veces en el pecho. Es un milagro que sobreviviera.

—¿Para qué remover el pasado? —replica Hu, con la calva brillante de sudor—. Ahora es un líder municipal: sus deseos son órdenes. Mi madre murió en la Revolución Cultural. Trabajaba para la oficina de suministros del condado. Mi padre no me ha dicho nunca dónde la enterraron y yo nunca se lo he preguntado. —Hu tiene la mirada vacía, pero le tiembla la voz.

—Éramos adolescentes, estudiantes de secundaria —continúa Ma Daode—. Boicoteamos las clases y nos lanzamos a la revolución antes siquiera de poder elegir bando. Y en cuanto estalla la violencia, sigue por propia inercia. Al principio son puñetazos, luego ladrillazos y en un santiamén aparecen las pistolas. Mira lo que ha pasado hoy, Hu: ha sido como entonces, cuando las facciones enfrentadas se mataban entre ellas, ¡aunque ambas juraban lealtad eterna al presidente Mao!

El director Ma mira por la ventanilla hacia el montón de escombros que antes eran la casa de hormigón. *¿Por qué no me enterraron con mis camaradas hace años?*

—Una vida que merezca la pena y una muerte digna... no se puede pedir más —apunta el señor Tai. Pone una emisora musical en la radio y siguen el ritmo con los dedos sobre el volante.

—Sí, tienes razón, Hu, hay que olvidarse del pasado. Por eso quiero desarrollar el Dispositivo para el Sueño Chino. Señor Tai, ¿te importa cerrar las ventanillas y poner el aire acondicionado, por favor? —El director Ma se frota el sudor del cuello con un pañuelo de papel que le deja unas marcas rojas alargadas en la piel.

—En la Agencia andan diciendo que su dispositivo es la quimera de un loco —dice Hu, con una pizca de malicia en la voz—. Que propone proyectos disparatados porque se ha quedado sin ideas.

—No me digas quién lo dice. Oye, Tai, dame un pitillo.

Al director Ma le inquieta lo que acaba de contarle Hu, pero no sabe si dice la verdad. La semana pasada el alcalde Chen le ofreció un mes sabático, pero Ma Daode lo rechazó por temor a que Hu le usurpara el puesto durante su ausencia.

—Pero la Revolución Cultural fue un período heroico, ¿no? —dice el señor Tai. Saca un cigarrillo de la guantera, lo enciende y se lo pasa al director Ma.

—Teníamos una fe inquebrantable —responde el director Ma—. Creíamos que en vida debíamos seguir al presidente

Mao y una vez muertos nos reuniríamos con Karl Marx. Todo nuestro ser estaba consagrado al Partido Comunista. Gira a la izquierda… la carretera del río está llena de baches.

Cuando se ha acabado el cigarrillo, el director Ma tira la colilla por la ventanilla… *Me arrastré durante horas por la nieve sucia y aplastada. Mi padre había mandado a un vecino a buscarme. Durante todo el camino detrás de mí iba un hombre empujando una bicicleta que chirriaba y gruñía. Las botas militares que había robado me calentaban los pies. Cuando abrí la puerta de casa olí a pollo guisado. Mi hermana estaba en la cocina, removiendo las gachas de maíz que hervían en una olla. En el suelo había plumas y cagadas de pollo. En una silla de un rincón había un cartel que decía* ABAJO EL MALVADO DERECHISTA MA LEI *y un capirote alto. Mi padre estaba sentado en la cama debajo de una lámpara, escribiendo una carta. Levantó la vista y me vio el vendaje de la cabeza. La víspera, cuando atacamos una convención de facciones rebeldes, un soldado que protegía la tribuna me había golpeado con la culata del rifle. Mi madre salió de debajo de la cortina que hacía de puerta con un cuenco con agua caliente esterilizada con permanganato potásico violeta. Le pidió a mi padre que estirase las piernas. Tenía las rodillas ensangrentadas, cubiertas de finas astillas de carbón. Mi madre me susurró: «Ayúdame a sujetarle las rodillas, Daode», pero no le hice caso. Lavó las rodillas de mi padre con agua desinfectada hasta que se le tiñeron las manos de lila. Mi padre se estremecía de dolor, pero no emitió sonido alguno. Siguió mirando de reojo la carta que estaba escribiendo. Esa tarde, la Guardia Roja lo había obligado a arrodillarse encima de ascuas de carbón. Pero yo había trazado una línea política clara entre ese viejo derechista llamado Ma Lei y mi persona, por lo que no podía permitirme ayudar a mi madre a curarle las heridas.*

Por la ventanilla del coche entra una brisa caliente. El director Ma aprieta el botón para subirla otra vez. *Con la cabeza vendada y una expresión hosca y resentida, me arrodillé junto a la estufa y fui dándole al fuelle para avivar las llamas y miré un momento la cara de mi padre, que se secaba con una manopla. «Basta-*

rá con limpiar las heridas», le dijo a mi madre. La manopla estaba empapada de su sangre y sudor. Cuanto más se secaba el cuello, más lo ensuciaba.

El olor a pollo guisado dulcificaba el ambiente. Le pedí a mi hermana que me contara quién le había hecho aquello a mi padre. Mi hermana echó sal a la olla y cogió unas cebolletas picadas. «Ha sido otra sesión de lucha, cómo no —respondió al final—. Espero que algún día ese crío sepa lo que es arrodillarse sobre ascuas ardiendo con un pesado cartel colgado del cuello. Tenga, madre». Condimentó las gachas de maíz con las cebolletas picadas y se las pasó a mi madre, luego me sirvió a mí. Devoré la comida, soplando cada cucharada para no escaldarme la boca.

—Tengo vendas de sobra —dije, atento a no mirar a nadie en particular.

—Estoy bien... Vamos a acostarnos —dijo mi padre—. Has caminado mucho. Lávate un poco y acuéstate.

Aunque no levantó la mirada, supe que hablaba conmigo. Me pregunté para qué me habría mandado llamar si solo íbamos a comer y acostarnos. Mi madre me pidió que me quitara los calcetines sucios y pusiera agua a hervir para mi padre. Tenía ganas de gritarle, pero estaba demasiado cansado. Llevaba meses viviendo en la calle, librando batallas sin fin, y rara vez tenía ocasión de dormir. El Millón de Osados Guerreros se había apoderado de las afueras. Nosotros habíamos tomado cuatro de las catorce escuelas de Ziyang y la mayoría de los hospitales, oficinas de correos y centros comerciales, pero habíamos sufrido numerosas bajas en varios choques cerca de la estación de tren y la Torre del Tambor. En cuanto me acosté en el sofá me pudo el agotamiento y caí profundamente dormido.

En mis sueños oía a mi padre gemir como un buey. Mi hermana me despertó gritándome: «Levanta. ¡Mamá y papá se han encerrado en el desván!». Corrí escaleras arriba y aporreé la puerta. Por las grietas se colaba un fuerte olor a pesticida. «Abrid la puerta —rogó mi hermana—. ¿Qué hacéis ahí dentro?». Rompió a llorar y siguió llamando a la puerta, una y otra vez. Dentro se oían uñas arañando los tablones del suelo. Necesitaba una lámpara. Mi hermana *bajó a tientas y corrió al patio trasero. Luego me gritó que saliera, trepara al desván y rompiera la ventana. Hice lo que me pidió. Una vez que me encaramé al interior, encendí la luz y vi a mis padres en el suelo, la mano teñida de violeta de mi madre se aferraba a la mano cetrina de mi padre mientras sus almas partían hacia las Fuentes Amarillas del más allá. Junto a mi padre había una botella abierta de pesticida. El líquido que salía de ella apestaba a ajo crudo y parafina. La palangana esmaltada que mi madre usaba para lavarse la cara estaba volcada a su lado en mitad de un charco.*

La aflicción del director Ma pesa como una pera demasiado madura que anhela desprenderse de la rama pero tiene miedo de hacerse pedazos. El Land Cruiser se acerca a la calle de la Torre del Tambor en el barrio viejo de Ziyang. El Cielo Blanco está a la vuelta de la esquina, a la izquierda. El director Ma entrará por la Puerta de la Paz Celestial, informará al jefe de propaganda Ding de lo sucedido por la mañana y se dirigirá al hotel Prosperidad. Tras un rápido intercambio con el director del hotel sobre el Sueño de las Bodas de Oro, pedirá habitación y hará el amor con su nueva amante. Es una chica que acaba de regresar de América con un título en empresariales y ahora se hace llamar Claire. Se conocieron hace diez días cuando se presentó en la Agencia para el Sueño Chino y les propuso ayudarles a instalar una pantalla gigante en el centro de la ciudad.

SOÑAR LA VIDA EN UN SOPOR ETÍLICO

El director Ma entra en el vestíbulo del Club Nocturno de la Guardia Roja. Farolillos rojos y rosas vuelven rosados los carteles de propaganda maoísta y las banderas de la Guardia Roja. Jóvenes azafatas de uniforme militar verde con el brazalete rojo de la Revolución Cultural forman fila delante de él. Al director se le acelera el pulso; vuelve a tener dieciséis años. Se quita las gafas de sol, se acerca a la Número 8 y asiente. Una vez que ella le informa de sus medidas, 80, 60, 75, el director Ma la coge de la mano, dice: «Esta noche me quedo contigo», y se la lleva al vagón privado del presidente Mao. Descubrió el nombre del club en una lista de establecimientos señalados en una reciente campaña contra la pornografía y esta noche ha decidido probarlo en lugar de acostarse con una de sus numerosas amantes.

–¿A qué tanta prisa, jefe? Siéntate y tómate una copa conmigo. Voy a descorchar este clarete francés para darte la bienvenida al club.

Número 8 aprieta la mano del director Ma, engatusándolo y apartándolo al mismo tiempo. La habitación imita el vagón de tren oficial que utilizaba Mao Zedong. Hay un escritorio con lápices, una pluma y un cenicero; un pergamino que reproduce unos versos de Mao: UNA CUEVA CREADA PARA INMORTALES, / LAS VISTAS DESDE LA CIMA SON SUBLIMES; un sofá, una butaca, un par de zapatillas y un batín de seda. Contiene hasta una réplica de la ventanilla con vistas a un gran cartel de las verdes terrazas de arrozales de Dazhai, el pueblo modelo de Mao.

—Esta noche, jovencita, harás de mi primer amor. Deja que te vea. Ah, unas manos finas como las hojas de hierba, una piel blanda como la grasa espesa, el cuello blanco de un gusano, las cejas tan delicadas como las alas de una mosca…

Con sumo placer, el director Ma le quita la gorra militar con la estrella roja, se acomoda en la butaca y sirve dos copas de vino.

—¿Me parezco a una mosca y a un gusano? —dice Número 8, indignada. Observa cómo el director Ma apura su copa y cómo luego vacía también la suya de un trago.

—Cito un poema de *El libro de las odas* —responde Ma Daode, mirando a la lámpara del techo—. Es una loa a una mujer bella. Deberías leer más.

—Pero moscas y gusanos… Qué asco, ¿no? —Número 8 arruga la nariz y se coloca el pelo detrás de las orejas. Bajo el resplandor rojizo de la lámpara parece que tenga la cara de plástico.

—Con esta decoración sospecho que me cobrarán dos mil quinientos yuanes por la habitación, dos mil por acostarme contigo y otros mil si no me pongo condón —calcula Ma Daode. Luego arquea una ceja con picardía y susurra—: Cuanto más guarra seas, ¡más propina recibirás! —Le acaricia el pelo, se mete un mechón en la boca y lo chupa—. Mmm… Acabas de lavarte el pelo, ¿verdad? ¡Está delicioso! —Luego le desabrocha la guerrera verde y el sujetador—. Ah, redondos y generosos. Dos almohadas de alabastro rosa pálido… —Una ola de placer le sube por la garganta—. Ven, tócame la flauta de amatista con tus labios bermellones…

Empuja la cabeza de la chica hacia su entrepierna y le vierte unas gotas de vino en los labios.

—Esta noche voy a ser Ximen Qing, el mercader lujurioso y corrupto de *El ciruelo en el vaso de oro*. Deberías leer ese libro. Es un clásico de la literatura erótica. Repleto de pasajes explícitos. Durante la Revolución Cultural, Mao solo permitía que leyeran la versión completa los funcionarios de alto rango… —La observa un rato, luego se recuesta, estira las piernas y lee los subtítulos del vídeo de karaoke que pasa la pantalla plana de la pared: QUERIDÍSIMO PRESIDENTE MAO, TE LLEVAMOS EN EL CORAZÓN. CUANDO NOS PERDEMOS, NOS MUESTRAS EL CAMINO. CUANDO CAE LA OSCURIDAD, ILUMINAS LA SENDA… Sube el volumen, cierra los ojos y musita—: Ella acaricia el tallo de jade con dientes delicados, lengua suave y manos tersas… Y ahora soy el presidente Mao sentado en su vagón particular y tú eres Zhang Yufeng, su asistente personal.

De rodillas frente a la butaca, Número 8 levanta la cabeza y responde con los ojos húmedos de admiración:

—Sí, jefe. Atiendes a diario un sinfín de asuntos estatales por el bien de la humanidad. Nuestro deber revolucionario es proporcionarte esta noche de placer y descanso.

—Parece que sabes bastante de la Revolución Cultural, ¿eh? —pregunta el director Ma, abandonando el tono oficial.

Mira al retrato de Mao y se enorgullece de haberse granjeado la entrada al espacio privado del presidente. Una ola de placer le recorre las venas.

—Pues no… ¿Qué fue exactamente? —pregunta Número 8, volviendo a levantar la cabeza, con un vello púbico enganchado en la comisura de la boca y el pintalabios emborronado hasta la nariz.

—La Gran Revolución Cultural Proletaria. ¡Seguro que tus padres te lo han contado! —Ahora que se ha desnudado, la voz del director Ma ha adoptado un tono juguetón, cantarín.

—Bueno, sé que llevo un uniforme de la Revolución Cultural. —Número 8 vuelve a inclinarse sobre la entrepierna del director Ma y su melena negra se balancea con el vaivén de la cabeza, adelante y atrás.

—Sí, es un uniforme de la Guardia Roja. Pero deberías llevar el nombre de tu facción en el brazalete. «Grupo Combatiente Oriente Es Rojo», por ejemplo. Los guardias rojos no eran mucho más jóvenes que tú. Mao los consideraba sus soldaditos y les mandó «crear un gran desorden bajo los cielos». Cuando los obreros de las fábricas se sumaron al movimiento, se dividieron en facciones rivales y cayeron en una espiral de violencia descontrolada...

En cuanto comienza a pontificar, se le ablanda el pene. Número 8 se lo quita de la boca y lo reanima frotándolo despacio con los dedos de uñas pintadas de rosa.

—Me da igual si llevo el uniforme correcto o no. Nuestro jefe nos ha dicho que todas somos herederas del comunismo.

Mientras bebe un poco más de vino, el director Ma visualiza al amor de su adolescencia, Pan Hua, vestida con una chaqueta militar caqui de cuello blanco. *«Sé bueno con tu madre cuando llegues a casa —me dijo al irme del cuartel general—. Llévate mi ejemplar de* El libro rojo *de Mao. Te protegerá por el camino». Se me aceleró tanto el corazón que solo pude contestarle: «Mañana estaré de vuelta». Pero mis padres se suicidaron esa noche y cuando regresé al cuartel general de Oriente Es Rojo al cabo de una semana, me enteré de que Pan Hua había muerto en combate...* Un golpe frío de aire le recorre la espalda. Rodea la cintura de Número 8 con las piernas y se endereza, tratando de meter la panza.

Contempla con los ojos entornados el bamboleo de los pechos desnudos de Número 8 mientras ella le frota el tallo de jade con una toalla caliente.

—¿A qué horas te vas a casa? —pregunta Ma Daode, con la vista fija en el mechón de pelo teñido con henna que le cuelga sobre la cara.

—Termino a medianoche, jefe, y entro otra vez a las siete de la mañana. ¿Quieres otra sesión?

—Bueno, todavía no te he follado. Pero por qué no charlamos un poco primero. Ven y siéntate conmigo, así nos conocemos mejor. Ahora vas a ser la camarada Pan Hua.

—Está bien, jefe. ¿En qué club trabaja Pan Hua? ¿Se parece a mí? Yo mido un metro setenta.

—Pan Hua está… en el cielo. —Se recuesta en la butaca y mira al techo.

—Lo conozco. El club el Cielo en la Tierra. Todas las chicas que trabajan allí tienen título universitario. —El mechón de pelo teñido se ha levantado como una cresta de pavo.

—Quiero decir que está en el cielo, no en la tierra. —Y con el tono de un abuelo, continúa—: A mí me encantaban la película *La batalla de Yan'an* y la novela rusa *Ana Karenina*. Pero Pan Hua nunca se había leído un libro, solo le gustaban las revistas.

Apura otro vaso de vino, se come unas uvas y le entran ganas de fumar. En pantalla aparecen los subtítulos de otra canción: DONO MI PETRÓLEO A LA PATRIA. / MIENTRAS MANA DE MIS POZOS / MI CORAZÓN FLORECE DE ALEGRÍA.

No sé si Pan Hua cantó alguna vez estas canciones. Ni siquiera sé cuánto medía. Sé que se recogía el pelo en dos trenzas unidas por una cinta roja y llevaba, como Número 8, una insignia del presidente Mao en el pecho, un brazalete rojo en la manga y un cinturón militar ceñido a la cintura. También llevaba un pañuelo rojo. Pero no tengo ni idea de cómo eran sus dedos, sus pies, su cuello o sus pechos. Los dos pertenecíamos a Oriente Es Rojo y bebíamos del mismo termo, pero la verdad es que apenas sé nada de ella… Ma Daode se nota algo aturdido ahora que el alcohol le recorre el cuerpo… *Mi familia y yo solo vivimos seis meses en Yaobang durante la Gran Hambruna y yo solo tenía ocho años. Pero algunos recuerdos de entonces siguen muy vívidos. Recuerdo ver a los aldeanos pelando la corteza de los árboles para comérsela y no morir de hambre. Y recuerdo ver a la madre de Tianmu, una niña con la que iba al colegio, sentada en el porche, muerta, todavía con un cuenco vacío en las manos. Si no hubieran reclamado a mi padre desde Ziyang para supervisar un estudio sobre algas ricas en proteínas, dudo que hubiéramos sobrevivido.*

Mientras acaricia los pechos de Número 8 con una mano, con la otra revisa los mensajes. Encuentra uno de su hija desde Inglaterra: HOLA, PAPÁ. ADIVINA A QUIÉN HE VISTO HOY EN LONDRES. ¡A NUESTRO PRESIDENTE, PAPÁ XI, Y SU MU-

JER, MAMÁ PENG! CUANDO HAN PASADO EN LA CARROZA DORADA DE LA REINA, MIS AMIGOS Y YO HEMOS TAPADO CON BANDERAS CHINAS UNAS PANCARTAS SOBRE LA LLAMADA MATANZA DE TIANANMÉN. SON TODO MENTIRAS INVENTADAS POR REACCIONARIOS EXTRANJEROS EN CONTRA DEL CRECIMIENTO CHINO. TAMBIÉN HABÍA ALGÚN TIBETANO CON BANDERAS SEPARATISTAS. Y LA POLICÍA INGLESA NI SIQUIERA HA INTENTADO DETENERLOS. INCREÍBLE. Ma Daode pasa los dedos por el cabello de Número 8 y le empuja la cabeza de vuelta entre sus piernas. Luego se recuesta, sube el volumen con el mando a distancia y canta el tema revolucionario tamborileando en la espalda de la chica: «El Partido Comunista nos llama a la revolución. Asimos alegres la fusta y derribamos al enemigo...». Se acuerda de lo plano que tenía el culo de joven y agarra la mano de Número 8 y se la aprieta contra las nalgas.

—Tócame el culo. ¿A que está gordo? ¿Redondo? ¡Soy perfecto, joder! —Vuelve a acordarse de cuando era joven y añade—: Mi mujer también era perfecta. Bella como una flor de loto. Me gustaba acabarme las pieles de patata al horno que apartaba en su plato.

—Y mira qué gorda y dura la tienes —dice Número 8, con el pene en la mano, tratando de darle conversación para descansar la boca—. ¿Qué es esto? —pregunta, tocándole una cicatriz del pecho—. ¿Una operación?

—Mira, tengo otra aquí, y aquí. Los guardias rojos me clavaron tres puñaladas.

—¡Eres un héroe revolucionario de verdad! —exclama Número 8, mirándolo maravillada. Tiene la cara algo más morena que los hombros.

—El hermano de mi mujer era de la Guardia Roja. De una facción rival. Les robamos cuatro jeeps en un combate. Quién iba a pensar que acabaría casándome con su hermanita... —Ma Daode nota que baja todavía más la guardia bajo los efectos del alcohol—. Pon las noticias. Menudo titular: «El exsecretario del Partido en Chongqing, Bo Xilai, ha sido sentenciado a cadena perpetua por corrupción, malversación y abuso de poder». ¡Jódete! ¡Esta vez el viejo guardia rojo ha pringado! —Ma Daode parece un cerdo gordo y pelón fumándose un pitillo repantingado en la butaca con las rodillas juntas.

—Me duele la boca, jefe. ¿No podrías terminar dentro? —Aunque Número 8 está agotada, se las apaña para sonreír.

—Está bien, querida Pan Hua, yo me encargo.

Sin más, se levanta de la butaca, la aplasta contra el sofá y le quita las medias de nailon negro. Luego agarra un pecho con cada mano y la mece delicadamente en la postura de «el dragón errante juega con el fénix». El viejo retrato del presidente Mao que cuelga en la pared de enfrente se balancea de izquierda a derecha.

—Mi querida Pan Hua, ¿eras un sueño entonces o lo eres ahora?

En semitrance, empieza a moverla adelante y atrás como si remara, primero con gestos tranquilos, luego cada vez más fuertes hasta que, desbordado por el deseo y falto de aliento, se descarga dentro de ella entre espasmos de las piernas, como un semental al eyacular.

Ma Daode solo empezó a serle infiel a su mujer después de convertirse en jefe de propaganda del condado. Al poco tiempo ya se acostaba con una mujer distinta cada noche, como si fuera probando una bandeja de especialidades regionales para picar. Al principio, guardaba recortes de vello púbico, pero enseguida acumuló tantos que ya no sabía a quién pertenecían, así que los metió todos en un cajón y cambió de hábito. Ahora que empiezan a pesarle los años, ha decidido limitarse a una docena de amantes simultáneas y se ha planteado incluso reducirlas a seis porque hacer el amor a diario le está pasando factura a la salud.

El director Ma olfatea el dulce aroma de Número 8 en sus dedos y mira cómo le brillan los dientes blancos detrás del pelo enmarañado.

—¡Pero ni siquiera tú lo has pasado así de bien, presidente Mao! —dice Ma Daode con una sonrisa y aliento a alcohol—. ¡Rápido! ¡Dile a tu jefe que me traiga un par más!

Al cabo de un momento entran otras cinco chicas. Sin mediar palabra, dos de ellas se acercan al director Ma y le acarician los hombros y la panza.

—Está bien, me quedo estas: la Número 6 y la Número 10. Desnudaos y acostaos aquí.

Señala el gran sofá donde está sentada Número 8. Las otras tres chicas se marchan en silencio.

—¿Por qué no alquilamos una habitación de hotel, jefe? —propone Número 10—. Estaremos más tranquilos.

—¿Tienes miedo de una redada policial? No te preocupes. En Ziyang, mi palabra es la ley. Venga, desnúdate.

Se queda unos minutos sentado en la butaca contemplando las curvas ondulantes de seis pechos suaves danzando ante sus ojos. Luego, incapaz de contenerse, se acerca, se arrodilla en la alfombra y penetra repetidamente la espesura entre las piernas de Número 8 recurriendo al método ancestral de «nueve estocadas superficiales, una profunda». Con la cabeza apoyada en los muslos de Número 6, desliza la mano derecha por el vientre generoso de Número 10 y dibuja círculos con los dedos alrededor del pezón. Cuando la oye gemir, retira el tallo de jade de Número 8 y lo inserta en la peonia de Número 10 separando los pétalos con los dedos para facilitar la entrada y luego, rápidamente, empuja la mano izquierda, tocada por un reloj suizo, dentro de la espesura de Número 8. Con la mano derecha pasa a acariciar la hendidura sonrosada de Número 6, libera la verga, la lubrica con un chorro de saliva y luego vuelve a meterla en Número 8, penetrándola con movimientos ascendentes y descendentes primero y después circulares, cada vez más amplios, cada vez más hondos, hacia el interior tenebroso del cuerpo blanco jade hasta que, en la cima del placer, gruñendo y temblando, expele otra muestra de su esencia vital. Exhausto, se estira a por otro trago de vino y después se acurruca como una gamba en la parrilla, ovillado entre la cintura esbelta de Número 8 y el vientre generoso de Número 10.

—¡Menudo semental, jefe, una descarga detrás de otra a tu edad! —dice Número 8, apretando los muslos. El sujetador de nailon beige que está colocándose recuerda a un puñado de flores marchitas.

—Sí, es mi rifle de oro secreto —murmura él con los ojos entrecerrados, con la sensación de que se le afloja la carne como arcilla mojada.

—Ha goteado a la alfombra, limpiadlo con un papel, rápido —dice Número 10 a las otras dos mientras se agacha a por las bragas. Solo lleva las botas, altas hasta las rodillas. Se endereza de golpe. Mientras recupera el aliento, los pechos y el vientre suben y bajan.

—Estoy harto de tantas canciones rojas —dice el director Ma—. ¿No podrías poner algo pop?

Amodorrado y aturdido, mira fijamente la luz que parpadea desde el móvil y desearía poder escaparse a un lugar oscuro y remoto en el que nunca hubiera estado.

—El vagón particular del presidente Mao solo tiene temas de la revolución —dice Número 10, ajustándose el sujetador a la espalda.

A Ma Daode el vello de las axilas de la chica le recuerda a Li Wei, su amante más longeva. La última vez que se acostaron no consiguió una erección por mucho que lo intentó.

—¡La revolución! —comenta, despertándose un poco—. ¿Sabes que en chino revolución significa literalmente «segar vidas»? Pues bien, de adolescente segué tres vidas mientras cantaba canciones revolucionarias. Vosotras no habíais nacido todavía.

Da la impresión de que la pantalla de la pared tiembla. Aunque sabe que ha bebido demasiado, Ma Daode acepta otro vaso de vino de Número 8 y vacía la mitad de un trago. Cuando el vino le llega al estómago, Ma Daode ve una nube de chispas violetas.

Número 10 se echa por los hombros un abrigo militar caqui, sale de la habitación y regresa con una bandeja de fruta y toallitas calientes. Ma Daode contempla la tira de piel desnuda que sube del pie a lo alto del muslo. En la pantalla aparece el nombre de un cantante de rap famoso y, al arrancar la música, Ma Daode canta los subtítulos: «Miro al lugar mágico más allá de la luna y me pregunto cuántos sueños flotarán en las alturas...». Número 6 y Número 10, sentadas a izquierda y derecha de Ma Daode con las guerreras de la Guardia Roja sobre los hombros, cantan con él a pleno pulmón, de corazón. Número 8 está sentada de piernas cruzadas en la alfombra con el abrigo caqui desabrochado y una cadena de oro destellando en el escote. A su lado se amontonan cuatro zapatos de tacón de aguja negros.

—Traedme otra bandeja de fruta: mangos de Taiwán y lichis tailandeses —ordena Ma Daode—. Y contadme a qué facción de la Guardia Roja pertenecéis. ¡Hablad si no queréis que os pegue un tiro!

—Tranquilo —sonríe Número 6, arrancándose una tirita sucia de un dedo del pie—. Somos simples guardias rojas que ofrecemos nuestros cuerpos a altos funcionarios. No pertenecemos a ninguna facción.

—¡Imposible! —replica él, tirando tan fuerte del brazalete de Número 10 que se derrama el vino en las rodillas—. ¡Todos los guardias rojos deben elegir bando! Cuando tenía dieciséis años maté a un chico de metro ochenta solo porque su facción no era tan revolucionaria como la nuestra. Todo el que se nos oponía se convertía en enemigo.

—Abramos otra botella de vino, jefe. Beberé contigo.

Ma Daode observa cómo Número 10 aprieta las nalgas blancas al descorchar hábilmente otra botella.

—Basta de vino —le dice Número 6—. Nuestro invitado es un ejecutivo adinerado, ¿no te parece? ¡Un pez gordo! Abre una botella de Maotai, que vea lo encantadora que soy con un poco de licor en el cuerpo.

Número 6 lanza una mirada coqueta a Ma Daode y se desliza los dedos entre las piernas. Mientras contempla los labios rojos y los dientes blancos de la chica, Ma Daode rememora momentos tiernos del pasado.

—No puedo deciros quién soy, claro está, pero sí puedo deciros que no soy un ejecutivo —dice, tratando de parecer sobrio—. Está bien, ya que insistes, abre una botella de Maotai. ¡Son solo dieciocho mil yuanes! ¡Sé muy bien lo que tramáis intentando que pida bebidas de las caras! —Abre la cartera negra y saca un fajo de billetes con el retrato del presidente Mao impreso en rojo—. ¡Defenderé China hasta la muerte! —exclama al tiempo que entrega el dinero a Número 8.

Las otras dos guardias rojas del sofá se tiran encima de Número 8 y las tres forcejean por el suelo, luego corretean como gallinas tratando de atrapar los billetes que caen… *Un tigre de papel me persigue por un sendero de montaña a oscuras. Los ojos brillan como antorchas. Cuando está a punto de cazarme, veo la cara ancha de mi padre y sus orejas grandes. Tiene la boca abierta y torcida…* El timbre del teléfono despierta a Ma Daode.

—¡Quiero la botella más cara! —grita a la habitación vacía—. Traedme a la chica más guapa…

Luego cierra los ojos y vuelve a dormirse.

LA VIDA PASA FLOTANDO COMO UN SUEÑO

La lluvia otoñal salpica la carretera. El cielo de primera hora resplandece, pero parece impregnado de una tristeza fría. El director Ma, con traje azul marino, se sube al coche oficial. Hoy tiene lugar en la plaza Jardín del recién ampliado Parque Industrial de Yaobang la ceremonia «El Sueño Chino: el Sueño de las Bodas de Oro». Es el proyecto más importante que ha supervisado desde que dirige la Agencia para el Sueño Chino. Se recuerda que no debe desviarse del discurso que ha preparado. Si quiere conservar el cargo hasta la jubilación, no puede permitirse divagar más. Repite el mantra de cuatro palabras que le ha enseñado su amante Li Wei para sacarse a su yo pasado de la cabeza: «No eres yo. Vete. No eres yo. Vete».

El señor Tai, el chófer, enciende la radio: «Gracias al nuevo espíritu emprendedor promovido por el Parque Industrial de Yaobang, la industria láctea la Vaca de Oro ha ganado el primer premio del concurso de innovación tecnológica del condado...».

—Apágala, quiero escuchar el buzón de voz —dice el director Ma, consultando el móvil.

El primer mensaje le informa de que Xu An, jefe del Departamento de Quejas de Ziyang, se ha suicidado en el despacho y se ha abierto un hilo de debate sobre su muerte en la sección de comentarios de la página web de la Agencia para el Sueño Chino. El director Ma sabe que hay que cortar de raíz este tipo de noticias negativas. El segundo mensaje transmite la decepción de saber que todavía no se ha aprobado el presupuesto para el Dispositivo para el Sueño Chino.

—¿Un atasco? —pregunta, levantando la vista—. Pon la sirena.

—No, no servirá de nada —replica el señor Tai—. Esta mañana el alcalde iba a trabajar en bici y han cortado la calle desde las ocho para que pase.

—Ah, sí, mira que olvidarme. Anoche la policía revisó la zona para garantizar que la ruta era segura.

Al segundo, el director Ma oye una sirena y ve a ocho bellas policías desfilar despacio en moto. Después aparece el alcalde Chen, pedaleando en pantalones cortos y una camisa blanca Aertex, con la panza gorda de pingüino, flanqueado por otras cuatro policías y seguido por una ambulancia y una furgoneta de televisión. El público que se ha congregado ahoga un grito de incredulidad y sonríe admirado, pasmado ante tanto vigor y vitalidad.

—Qué estampa tan feliz... un ejemplo magnífico de interacción positiva entre los líderes y la masa —le comenta el director Ma al señor Tai.

De inmediato recuerda la muchedumbre eufórica que desfiló por esa calle durante la Revolución Cultural cargada con enormes mangos hechos de papel maché en honor a los mangos que unos días antes el presidente Mao había regalado a unos obreros de una fábrica de Pekín que habían conseguido pacificar a los guardias rojos demasiado entusiastas de la Universidad de Qinghua. El gentío alborozado comprendió que el regalo de aquella fruta significaba el final de las luchas violentas. El director Ma se quita la imagen de la cabeza, vuelve a mirar por la ventanilla y dice:

—Y bien, señor Tai, ¿qué opinas? ¿A partir de ahora tendré que ir en bici a trabajar?

—No se preocupe —responde el señor Tai, arrancando—. El alcalde Chen busca publicidad. Saldrá en las noticias de esta noche y mañana volverá a la limusina con chófer.

Él también mira a las policías motorizadas que circulan delante mientras siguen el desfile del alcalde hasta el Cielo Blanco.

En cuanto entra en el ascensor, Ma Daode se acuerda de una cita largo tiempo olvidada: «*Al primer disparo, cargaré. Hoy, moriré en el campo de batalla…*». *¿Por qué me ha venido a la cabeza esa cita del mariscal Lin Biao? Me acuerdo de arrodillarme con la cabeza gacha delante de un guardia rojo que iba un curso por encima de mí y farfullar: «Me rindo, hermano mayor». Pero de todos modos el chico de al lado me dio un porrazo en la cabeza y gritó: «Te voy a matar, hijo de un perro derechista».*

—¿Estás soñando que has vuelto al campo de batalla, Ma Daode? —pregunta con una sonrisa socarrona Song Bin. Siempre tiene la cara inflada y cetrina por la mañana. Ma Daode tiene entendido que la mujer de Song Bin quiere abrir una franquicia de la Tienda de Dumplings de Qingfeng—. ¡Parece que el Sueño Chino hace milagros! —dice al resto de las personas del ascensor—. Nuestro director Ma, por ejemplo, no deja de componer maravillosos poemas soñados. Escuchad lo que acaba de postear en WeChat: EL OLVIDO ES EL ALIADO DE LOS SUEÑOS VERDADEROS. / LOS SUEÑOS VERDADEROS SON EL ENEMIGO DEL OLVIDO. / ERES EL SUEÑO CON EL QUE SUEÑO. YO SOY…

El director Ma lanza una sonrisa gélida a Song Bin y cruza las puertas abiertas del ascensor. Luego aprieta el paso hacia el despacho, cierra la puerta, se desploma en el sofá de cuero negro y hunde la cabeza entre las manos.

Necesita unos momentos de tranquilidad para decidir qué hacer con sus dos yoes en conflicto. *Sí, tengo que matar a uno de los dos. El pasado, por supuesto. Pero ¿cómo erradicar el pasado? Faltan meses para que empiece a fabricarse mi Dispositivo para el Sueño Chino. No puedo esperar tanto: los dos Ma Daodes se han enzarzado en un combate que los destruirá antes de que llegue el implante. Que yo sepa, solo los muertos olvidan para siempre el pasado, cuando beben el Caldo de la Amnesia de la Vieja Dama de los*

Sueños en el inframundo, antes de reencarnarse. ¡Pues claro! Justo lo que necesito. Tengo que conseguir la receta inmediatamente...

—¡El Caldo de la Amnesia! —grita el director Ma, como recién despertado de un largo sueño—. ¡Al despacho, Hu! Quiero que llames al maestro Wang Lin, el sanador qigong que encanta serpientes, y lo invites al Sueño de las Bodas de Oro de esta noche.

Cuando Ma Daode abre mucho sus ojos saltones se parece a un sapo.

—¿Es consciente de que el alcalde Chen suele invitar al maestro Wang? —apunta Hu con una leve condescendencia.

—Como si tienes que pagarle, me da igual, tú asegúrate de que viene. Dile que será mi invitado de honor.

Ahora que tiene un plan, sus cinco vísceras y seis entrañas se relajan. Selecciona un expediente del escritorio y lo hojea. Es el informe elaborado por el jefe de la Unidad de Seguimiento de Internet sobre la colaboración de la Agencia para el Sueño Chino con la Prisión Número 3. La Agencia paga trescientos yuanes mensuales a la prisión a cambio de que un grupo elegido de presos borre regularmente cualquier crítica de la web de la Agencia y la sustituya por comentarios positivos. El mes pasado, no obstante, dos internos adjuntaron unas fotografías muy explícitas de las víctimas, que habían descargado de las redes sociales, a un breve artículo sobre el accidente de un tren de alta velocidad. Para impedir que se repitan errores similares, el informe recomienda que la Agencia contrate a un centenar de administrativos que revise los antecedentes políticos de los presos. El director Ma anota en la última página del informe lo siguiente: DE ACUERDO. PRESENTAR AL DEPARTAMENTO DE PROPAGANDA PARA SU APROBACIÓN.

A mediodía, el coche del director Ma se detiene justo en el mismo lugar donde hace tres meses demolieron la casa de hormigón. El Templo de la Luz de Buda sigue en pie, pero el resto de Yaobang ha sido derribado y convertido en un aparcamiento provisional. El director Ma vuelve a recordar la imagen de Genzai con la cabeza rapada precipitándose hacia la muerte entre una nube de polvo de hormigón. La semana pasada, Liu Qi le entregó al director Ma diez mil yuanes en un sobre rojo con la esperanza de que le ayude a sacar del calabozo a su padre, Dingguo, dado que la familia no puede permitirse los ciento cincuenta yuanes diarios que la policía cobra por el alojamiento y la manutención. Pero por primera vez en la vida Ma Daode se niega a aceptar un soborno. Quiere asegurarse de que su propio futuro está a salvo antes de ayudar al prójimo.

Un puñado de parejas ancianas que han llegado temprano bajan de las limusinas y se dirigen a charlar con las azafatas. La tienda de moda nupcial de Claire, la nueva amante de Ma Daode, ha enviado varios trajes a medida que esperan en un montón a ser distribuidos. La ceremonia del Sueño de las Bodas de Oro se celebra aquí para que coincida con la gran inauguración del puente de acero sobre el río Fenshui. En honor al romántico acontecimiento, el Comité Municipal del Partido ha decidido llamarlo el Puente de las Urracas, por el legendario puente sobre la Vía Láctea donde dos amantes igual de míticos se abrazan una vez al año. Al inicio de la ceremonia se cortará la cinta a la entrada del puente.

El derroche decorativo sorprende al director Ma. Se ha desplegado una alfombra roja sobre el puente, adornado con un gran arco de bienvenida confeccionado con chucherías y flores más brillantes que el mismísimo azul del cielo. Claire ha hecho un trabajo excelente. Dentro de cincuenta minutos, las parejas de ancianos caminarán por la alfombra roja para cruzar el arco y el puente y entrar en la plaza Jardín, festoneada con guirnaldas de seda y globos de colores.

La plaza se ha construido justo encima del antiguo camposanto. Un sauce solitario es lo único que queda del bosquecillo. Se trata de un árbol viejo con ramas nudosas y retorcidas que crecen en todas direcciones.

El director Ma sabe que debajo de las losas de hormigón que rodean el sauce yacen los cadáveres de sus padres y de los camaradas y enemigos que se mataron unos a otros por el Pensamiento de Mao Zedong. De nuevo se acuerda de su padre musitando cansado: «Estoy bien… Es hora de acostarse», antes de apagar el interruptor de la luz. *Mientras me quedo dormido en el sofá oigo hablar a mi madre y a mi hermana: «Deberíamos lavarle los pies a tu padre…». «Pongo agua a hervir…». «¿Hay suficiente en el cazo?». «Sí, llega. No te levantes…».* Ma Daode vuelve a oler el hedor del suicidio. Cuando mira al viejo sauce disfrutando del sol de octubre, nota que se le hiela el corazón, frío como las raíces que se clavan en la tierra.

Cuando la banda militar comienza a tocar «Tú eres mi bastón» una procesión de parejas ancianas, las mujeres con vestido blanco de novia y los hombres con traje de brocados rojos, echan a andar cogidas de la mano bajo el arco ceremonial y continúan lentamente por el puente. Algunas ancianas lucen tiaras plateadas y zapatos de salón rojos como las princesas de los cuentos de hadas europeos. Otras caminan encorvadas y con dificultades, apoyadas en muletas y con chaquetas gruesas por encima del vestido nupcial. Los hombres, a la derecha, forman una larga hilera de cabezas grises salpicada de algunas calvas y algunos sombreros de copa negro. Sus trajes tradicionales de brocado rojo complementan los vestidos blancos de sus mujeres en una armoniosa unión de Oriente y Occidente. A una anciana se le cae una margarita del tocado floral e intenta agacharse para recogerla, pero tropieza con el velo y se cae, y arrastra con ella a su anciano marido. El arco ceremonial se alza ante ellos como las puertas del paraíso. A Ma Daode se le humedecen los ojos viendo a las parejas ancianas avanzar hacia él. Claire y las azafatas de uniforme rojo entregan una rosa a cada uno de ellos conforme van pasando.

Aunque todo sale según lo previsto, los nervios hacen sudar a Ma Daode, no porque estén Claire, Yuyu y su mujer y todas lo vigilen, sino porque desde que ha empezado el desfile del centenar de parejas mayores, su otro yo ha comenzado a asaltarle la mente con eslóganes y escenas de su juventud.

Mi hermana y yo arrastramos el ataúd de mis padres desde Ziyang en plena noche, cargado en una maltrecha carretilla de madera. Cuando por fin llegamos aquí, mi hermana cayó de rodillas, agotada. Cavamos la tierra bajo los árboles hasta alcanzar el nivel del agua. El ataúd pesaba demasiado para descargarlo de la carretilla. Pensamos en bajar el cadáver de mi madre y enterrarla a ella primero, pero no conseguimos separarle los dedos de la mano de mi padre, así que al final empujamos el ataúd a la tumba con los dos cuerpos apretujados dentro. Ve la escena tan vívida que está convencido de que el lugar sigue encantado por la presencia de los espíritus de los muertos.

Sube despacio a la tarima, luego alza la cabeza hacia el cielo azul y comienza el discurso: «Como la brisa otoñal, a ratos cálida, a ratos fría, la vida conlleva penas y alegrías. Hoy, no obstante, es un día feliz. Por fin el glorioso Sueño Chino se ha hecho realidad. Mirad el magnífico arco ceremonial. Debe de ser el más grande del mundo en su género. Y mirad esta multitud de rostros ancianos, arrugados, ¡radiantes de alegría y esperanza!».Tras una breve pausa, grita: «¡Que comience el Sueño de las Bodas de Oro!». *Menos mal que mi yo pasado no la ha fastidiado,* se dice para sí, antes de repetir su mantra: *No eres yo. Vete. No eres yo. Vete...*

Mientras la banda militar arranca de nuevo, los líderes de todos los niveles del Comité Municipal del Partido junto con los empresarios extranjeros del Parque Industrial de Yaobang ocupan sus asientos en la tarima. El Templo de la Luz de Buda de la otra orilla está recubierto de andamios y plásticos. De lejos parece el yacimiento arqueológico de una tumba antigua. Por encima, como un arcoíris ensangrentado, una pancarta roja proclama: LA ÚNICA FORMA DE HACER REALIDAD EL SUEÑO CHINO ES SEGUIR FIELMENTE AL PARTIDO COMU-

NISTA DE CHINA. Una pareja tras otra, flanqueadas ahora por niños, rodea una tarta de bodas gigante decorada con rosas fondant y luego sube a la tarima a recibir una insignia conmemorativa de manos del alcalde Chen.

El anciano seleccionado para hablar en nombre de las parejas participantes dice al micrófono:

—Estimados invitados, tengo ochenta y un años y mi mujer setenta y seis. Hemos caminado juntos por la vida durante cincuenta y dos años. El día que nos casamos, celebramos una comida sencilla con los amigos más cercanos y nos regalaron una cama, dos colchas, tres jin de semillas de calabaza y cuatro de dulces… nada más. Ni en nuestros sueños más descabellados habríamos imaginado que al llegar a las bodas de oro nos regalarían una ceremonia tan lujosa, al estilo occidental. Ojalá nuestra hija pudiera verlo, entonces sería perfecto.

Su mujer, ataviada con un vestido blanco resplandeciente y con las mejillas sonrosadas, se acerca al micrófono y añade:

—Me embarga la emoción. Siempre soñamos con regalarle a nuestra única hija una gran boda como esta. Desde que murió, mi marido y yo hemos sufrido mucho. Así que cuesta creer la suerte que tenemos al participar en esta ceremonia tan bella, tan romántica.

El director Ma, con los ojos llorosos, se aproxima a la entrañable pareja y dice:

—Queridísimos padres, habéis despertado en el Sueño Chino. ¡Por fin habéis regresado a mí! —Luego se pellizca y añade—: Quiero decir que no estéis tristes aunque hayáis perdido a vuestra única hija, ¡porque ahora sois padres para todos nosotros!

Hoy, antes de pedirle a la pareja que interviniera, ha comprobado sus antecedentes políticos para asegurarse de que eran miembros fiables del Partido.

Cuando el viejo coloca el anillo de oro en el dedo arrugado de su esposa, la mujer grita: «¡Mi sueño se ha hecho realidad!», y el público rompe a aplaudir.

El director Ma vuelve a levantar el micrófono:

—Demos las gracias a nuestros líderes por permitir que estos padres hagan realidad su Sueño Chino y agradezcamos también su generosidad a los patrocinadores extranjeros. Hace cincuenta años aquí había una fosa común llena de cadáveres sin nombre, ¡pero hoy es un jardín donde celebramos bodas de oro! ¡El Sueño Chino erradica todos los sueños del pasado y los sustituye por otros nuevos! Viendo vuestras caras sonrientes no puedo evitar acordarme de mi padre y de mi madre, que yacen enterrados a nuestros pies. Lamentablemente, no pudieron soportar los despiadados escarnios a los que fueron sometidos y hoy no se cuentan entre nosotros. —Mientras las lágrimas siguen anegándole los ojos trata de controlarse—. Pero hay que enterrar el pasado para forjar el futuro. Solo entonces nuestros sueños se harán realidad. Solo entonces los jóvenes podrán experimentar la belleza del amor...

—A nuestra hija la mataron durante las luchas violentas de la Revolución Cultural —dice el viejo, con la voz repicando como una campana—. Me entristece mucho que no pueda compartir este día con nosotros.

—¿Cómo se llamaba? —pregunta el director Ma al micrófono chirriante, mirando al viejo inquisitivamente a los ojos. Le parece que pertenece al Comité Municipal de la Conferencia Consultiva Política del Pueblo.

—Se llamaba Pan Hua. Yo soy Pan Qiang. —El viejo se señala la chapa con el nombre de la solapa. Las miradas de todos convergen en él.

—¡No puede ser! —El director Ma ahoga un grito—. Querido camarada, ¡conocía muy bien a tu hija! La última vez que la vi me regaló su ejemplar de *El libro rojo*. Todavía lo conservo. Tenemos... ta-tanto... de que hablar... Yo...

El director Ma tartamudea y se atasca, tratando de expresar todo lo que quiere decir. Antes de terminar la frase, dos guardias de seguridad suben de un salto a la tarima y le ordenan bajar. Cuando toca el suelo con los pies, se le aparecen de pronto los cadáveres de sus padres. Al final resulta que no estaban bajo el sauce viejo, sino mucho más lejos, más cerca del río. Ahora se acuerda de que cuando cavó la tumba con su hermana, estaba tan oscuro que apenas veían. Solo después de enterrar los cadáveres y alejarse un poco por el bosquecillo la luna asomó fugazmente entre las nubes y Ma Daode vio las ramas retorcidas del sauce hendiendo el aire nocturno.

El jefe Ding lo sustituye.

—Estimados compatriotas y ancianos. ¿Por qué promovemos el Sueño Chino? ¡Por un mañana mejor! Y el Sueño de las Bodas de Oro de hoy es un paso más en el camino. Que siga la ceremonia. La banda tocará un tema final y después el Grupo de Danzas de Ziyang interpretará un nuevo ballet titulado *La tienda de dumplings de Qingfeng*. Luego todos podréis sentaros a comer el banquete de boda.

Un hombre de traje blanco sube a la tarima y canta:

—Tu sonrisa es dulce como una flor abriendo los pétalos con la brisa primaveral…

Meten al director Ma en el asiento trasero de un coche de policía. Mientras lo conducen a Ziyang, apoya la cabeza en la ventanilla y escucha cómo se pierde en la distancia el Sueño de las Bodas de Oro.

SEDUCIDO POR VANAS QUIMERAS

A los pocos días, después de que lo suspendan del cargo por su comportamiento errático y extraño y por mencionar la Revolución Cultural durante la ceremonia del Sueño de las Bodas de Oro, el director Ma está sentado en un sofá verde del salón del maestro Wang, sanador qigong de renombre. Ha visto un documental sobre el maestro en televisión y sabe que esta es la mejor posición para ver cómo hace aparecer serpientes de la nada. También sabe que durante la campaña de 1983 en contra de la «contaminación espiritual» encarcelaron al maestro Wang por bailar pegado con una mujer.

—Ayúdame, por favor, maestro Wang —dice el director Ma—. Este año voy a cumplir sesenta y dos años. Creía superados todos mis problemas. Pero en los últimos meses no paran de asaltarme episodios olvidados de mi juventud, me alteran tanto que he puesto en peligro mi trabajo. Cuando abro la boca, escupo palabras que dije con dieciséis años y el pasado se despliega ante mis ojos como si ocurriera hoy mismo.

Ma Daode ha abandonado el tono de voz autoritario que emplea como líder gubernamental.

—¿Has esperado a que te suspendan para pedirme ayuda? —El maestro Wang se ríe adelantando el mentón afilado—. Parece que no me tienes en demasiada consideración.

Está completamente calvo, salvo por algunos mechones de pelo desgreñado. Las cejas, gruesas y negras, parecen falsas en contraste con la palidez de la piel.

—Por supuesto que te tengo en alta consideración. Le pedí a mi secretario que te mandara una invitación a la celebración del Sueño de las Bodas de Oro, pero no fuiste. Como miembro del Partido y ateo convencido que soy, siempre he desconfiado de lo sobrenatural. Pero… la experiencia cambia a la gente.

A Ma Daode le complace descubrir que no ha perdido el talento para acuñar máximas sabias.

—Dicen que eres un poco mujeriego, viejo Ma. ¿De ahí vienen los problemas? Ten, toma un poco de té… Es Diosa de Hierro de la Misericordia, cultivado especialmente para los cuadros más altos del gobierno.

Por lo visto, el maestro Wang considera que este caso no está a su altura. Toquetea unos segundos las cuentas del rosario, luego arquea las cejas y sus ojos refulgen al dar el diagnóstico:

—Tu esencia vital se ha disipado y se ha quebrado tu espíritu original. Te ha entrado un intruso en el alma. La calamidad es inevitable.

El director Ma comprende que el maestro Wang es una persona especial y por tanto decide ir directo al grano.

—Necesito el Caldo de la Amnesia de la Vieja Dama de los Sueños —admite, mirándolo intensamente a los ojos—. Me han dicho que conoces la receta.

—No, yo no la tengo. Si alguien la necesita, tengo que viajar al inframundo, cruzar las Fuentes Amarillas y conversar con la Vieja Dama. Es una deidad caprichosa y no siempre acepta. Le han suplicado la receta más personas desesperadas por olvidar el pasado que pelos tiene el lomo de un buey. Pero viajar al inframundo no es fácil. Corro un riesgo mortal.

—La boca del maestro Wang dibuja una sonrisa cínica.

—Por supuesto, lo comprendo. Si uno quiere la ayuda de las deidades, debe recompensarlas con generosidad. Pagaré lo que cueste, lo prometo.

De repente se le aparece la cara cuadrada de Yao Jian, con el corte en la mejilla. *Después de que su sangre caliente me salpi-*

cara las mejillas, se inclinó y farfulló: «Larga vida al presidente Mao», antes de morir atragantado. Empiezan a resbalarle gotas de sudor por la calva.

—¡La Vieja Dama es más poderosa que tú, señor Sueño Chino! Un tazón de su caldo y lo olvidarás todo: los grandes pensadores, los bloggers más famosos, tus compañeros más queridos. Te olvidarás incluso de quién eres. Es una pena que ella solo sirva su caldo a los muertos, si no fuera así la Agencia para el Sueño Chino podría venderlo por el mundo y así todos los países del planeta abrazarían el Sueño Chino, ¡y obedecerían las órdenes del Partido Comunista Chino! ¡Ja!

El maestro Wang se carcajea y apoya la taza de té en una mesilla.

—Solo quiero borrar el pasado y volver al trabajo —dice Ma Daode, encogiéndose de hombros—. Ya me dan lo mismo el Sueño Chino y el Sueño Global.

—Pero si la vida se desconecta del pasado deja de tener sentido, al fin y al cabo: «La historia es la sopa de pollo del alma».

El maestro Wang guiña un ojo al director Ma. Está claro que quiere congraciarse con ese líder caído en desgracia y sacarle todo el dinero que pueda.

—¡Es el título de uno de mis libros! —exclama Ma Daode, con ojos como platos de incredulidad—. ¡No me digas que te lo compraste!

—¿Cómo no iba a comprarme el libro de un alto funcionario como tú? Mira, aquí lo tienes. ¿Me harías el honor de dedicármelo? —Antes de que llegara el director Ma, el maestro Wang se ha asegurado de dejar el libro a mano—. A ver, dime, ¿a partir de qué edad quieres olvidar el pasado?

—Desde los quince, cuando ingresé en la Guardia Roja. No, desde los dieciséis, cuando me sumé a la lucha violenta. Espera… es el año que murieron mis padres y me gustaría conservar los últimos recuerdos que tengo de ellos, ¿puede ser?

De pronto Ma Daode se siente desfallecer ante la idea de renunciar para siempre a la memoria de sus padres.

–No parece preocuparte borrar los sueños y recuerdos ajenos. Tengo entendido que te has planteado incluso borrar los míos. Pero cuando se trata de los tuyos, ¡dudas! A ver, dime, ¿a qué edad fallecieron tus padres? El maestro Wang todavía va en pijama y zapatillas. No le gusta que las visitas se alarguen.

–Se suicidaron juntos el 8 de febrero de 1968. Mi padre, Ma Lei, tenía cuarenta y seis años y mi madre, Zhu Mei, cuarenta y cinco. Supongo que en el fondo debería borrar una noche tan horrible de mi memoria.

En cuanto lo dice, nota un aguijonazo en los dedos y ve el ataúd de conglomerado barato en el que enterraron a sus padres. Esa noche tenía las manos tan frías cuando cavó la tumba que los dedos le dolieron durante varios días.

–Bueno, si quieres olvidar aquella noche, me temo que tendrás que borrar toda la Revolución Cultural –dice el maestro Wang, cerrando los ojos con aire reflexivo.

–Está bien. Y también hay episodios de este año que me gustaría eliminar.

Ma Daode nota que se le pega el cuello de la camisa.

–¿Problemas de faldas? –pregunta el maestro Wang, moviendo los dedos de los pies–. Es fácil. Invitaré a tus amantes y haré que te olviden para siempre con un simple hechizo.

–¡Qué alivio!

El director Ma echa atrás la cabeza y se queda mirando el techo, boquiabierto, igual que hace por las noches cuando bebe demasiado. A su amante Li Wei le encanta que se siente así, cree que le da un aire triste y perdido. Después de acostarse con ella por primera vez, le escribió una promesa solemne, jurándole por la bandera del Partido Comunista Chino que al año siguiente se divorciaría de su mujer y se casarían. Pero Ma Daode sabe que, pasados diez años, ella sigue esperando a que cumpla lo prometido.

Vuelve a vibrarle el móvil. Se lo pega a la oreja y oye una voz que susurra: «¿Querría otro servicio, director Ma?». Cuelga de inmediato.

—¡No me lo creo! —le dice al maestro Wang—. La misma llamada que hace diez años cuando estaba en una habitación de hotel de Shenzhen después de una conferencia interminable. ¡De verdad que me acechan los espíritus de los muertos! —Siente como si unas manos le atenazaran la garganta.

—Los hombres y los fantasmas nos entrelazamos. Esa mujer del teléfono ha muerto hace dos días. Solo quería hacerte una visita. —El maestro Wang se queda absorto en silencio mientras pasa despacio las cuentas del rosario—. Vuelve mañana por la noche —dice al fin—. Iré al Puente de la Desesperanza y conseguiré la receta de la Vieja Dama. En cuanto me la entregue, la receta se te aparecerá en un papel fantasma que se desvanecerá en el momento en que la leas.

—No sé cómo darte las gracias —dice el director Ma, asintiendo en señal de agradecimiento. Ahora nota que unos dedos fantasmales le acarician la cara y se le duerme la lengua.

La noche siguiente, después de visitar otra vez al maestro Wang, Ma Daode vuelve a casa mientras recita al móvil la receta de la Vieja Dama por tercera vez. En cuanto entra en el piso, transcribe las tres grabaciones, borra las repeticiones y se queda con la que confía que sea la receta correcta:

1 GOTA DE SANGRE MENSTRUAL DE MADRE

2 GOTAS DE LÁGRIMAS DE PADRE

1 MELÓN AMARGO

1 CUCHARADITA DE VINAGRE DE ARROZ

1 PIZCA DE SAL MARINA

2 DÁTILES

1 PIZCA DE ESENCIA DE YIN

1 PIZCA DE ESENCIA DE YANG

2 ALMAS DE FANTASMA

MÉTODO:

CUANDO LA LUNA ALCANCE EL CÉNIT DEL CIELO NOCTUR-
NO, APAGA LAS LUCES, VIERTE LOS INGREDIENTES EN UNA SAR-
TÉN Y CUECE A FUEGO LENTO HASTA EL ALBA. INGERIR POR LA
MAÑANA DURANTE TRES DÍAS CONSECUTIVOS.

La receta original se le apareció en un papelito fino del tamaño de un naipe. Ma Daode no logró descifrar la escritura infernal, así que se la leyó en voz alta el maestro Wang y, en cuanto llegó al final, el papel se consumió con una llamarada azul.

Ma Daode se rasca la cabeza. ¿No llevaba también dos guindillas? Vuelve a poner la primera grabación, luego la segunda. Las guindillas solo se mencionan en la tercera, donde, por alguna razón, la voz que se oye no es la suya, sino la de su padre. Ma Daode sabe que le costará conseguir todos los ingredientes. *A lo mejor puedo cambiar la sangre menstrual de mi madre por la de mi mujer. No... ya ha pasado la menopausia. ¿Y las lágrimas de mi padre? Podría usar las mías. Pero ¿de dónde voy a sacar almas de fantasmas y cómo voy a echarlas a la sopa? Va a costarme más que desarrollar un microchip para cargar el Sueño Chino en el cerebro humano.*

Amilanado por la tarea, Ma Daode echa un par de tragos de la botella de Xijiu vintage y escucha los resuellos de corredor desfondado de la nevera. *Son casi las nueve. ¿Por qué no ha vuelto Juan de su baile con abanicos?* Se asoma al salón a ver si está su mujer, luego mira en el despacho. Desde que lo llenó de estanterías, casi nunca entra. Pidió los libros por internet, los colocó en la librería y desde entonces no los ha tocado. «*Una llave abre mil cerraduras. Armado con el Pensamiento de Mao Zedong, asiré para siempre el fusil...*». Ma Daode intenta no cantar en voz alta la canción que le ronda por la mente. Está harto de que su yo adolescente se le cuele en la cabeza. Por su culpa ha perdido un coche con chófer y lo han suspendido del trabajo. *Si no destruyo el yo de mi pasado, lo perderé todo.*

Saca el móvil, marca un número y dice:

—Siento llamar tan tarde, maestro Wang, pero es que he repasado otra vez la receta. Diría que la sopa es una combinación armoniosa de dulzor, amargor, calor y picante. Al ingerirla todas las alegrías y las penas de la vida inundarán el cuerpo con tal fuerza que se llevarán cualquier rastro del pasado. ¿Me equivoco? Supongo que la sangre menstrual de mi madre ayudaría con los recuerdos de amor familiar y las lágrimas de mi padre me recordarán de qué género soy. Pero mis padres están muertos, ¿cómo voy a conseguir los ingredientes? Y en cuanto a las almas de dos fantasmas... ¿de dónde las saco? Me temo que sin ellas la sopa no pasará de poción medicinal, incapaz de ayudarme a empezar de cero. ¿Lo he entendido bien? ¿Qué puedo usar en lugar de la sangre y las lágrimas de mis padres?

Aunque le molesta que lo llamen tan tarde, el maestro Wang responde con paciencia:

—Has analizado la receta en profundidad, director Ma, y entiendes lo esencial. No puedo cambiar la receta de la Vieja Dama, lo siento, pero adáptala como mejor te parezca. ¿Por qué no usas las cenizas de tus padres en lugar de su sangre y sus lágrimas?

—¡Buena idea! Sí. Probaré —dice Ma Daode, con el corazón acelerado—. ¿Y las almas de fantasmas?

—Sí, te costará más encontrarlas. Conseguir almas de fantasma puede resultar muy peligroso. ¿Sabes qué? Voy a pasarte la receta que le di a otro cliente y modificas las proporciones para ajustarlas a tus necesidades. Ahora tengo que dejarte. Hablamos luego.

Dicho esto, cuelga.

Ma Daode se enfada. *¿Quién te crees que eres?*, murmura por dentro con frío desdén. *Una palabra mía y te pudres en una celda lo que te quede de vida. ¿Y qué maestro eres tú, que no sabes ni dónde encontrar un fantasma? Además, si supiera dónde están las cenizas de mis padres no habría recurrido a ti. ¿Quieres más dinero?*

Vale. Ten otros cien mil yuanes. ¡A ver si ahora te niegas a ayudar-me! Recuerda que unos años atrás pagó a unos hombres para que cavaran alrededor del sauce viejo. Desenterraron muchos huesos, pero no encontraron ninguna pareja de esqueletos juntos. Les indicó a los hombres que buscaran una cubierta de plástico rojo porque su hermana había depositado el ejemplar de *El libro rojo* de sus padres encima del ataúd de contrachapado antes de taparlo con tierra. Al final encontraron dos esqueletos bastante cerca uno del otro junto a la cubierta de plástico rojo de la *Antología de Mao Zedong*, pero cuando Ma Daode vio la melena del cráneo femenino y el cinturón militar de la Guardia Roja alrededor de la columna masculina supo que no eran sus padres. Pagó diez mil yuanes a cada uno y les mandó devolver los huesos a la tumba.

¿En cuántas batallas combatí? ¿Por qué no me mataron y me enterraron como a todos aquellos críos? Recuerdo el día que intentamos rescatar a una facción rebelde que había sido rodeada en la planta de compresores, la que estaba a los pies del monte Diente de Lobo y que ahora acoge a funcionarios corruptos jubilados. El Millón de Osados Guerreros había montado dos ametralladoras pesadas en un depósito de agua de hormigón. Nuestras únicas armas eran palos y porras. En cuestión de minutos el valle se llenó de cadáveres y los gritos desgarradores de los heridos. A un chico llamado Sun Liang que corría a mi lado lo alcanzaron en el pecho. El chico buscó mi mano, se estremeció y luego cayó muerto.

Ma Daode abre un cajón y saca una copia de la fotografía familiar que su hermana le mandó por correo electrónico. A través de la lupa ve que su madre sonríe, aunque él no recuerde haberla visto sonreír en la vida real. También tiene las cejas raras. Él las recuerda arqueadas como las de su padre, pero en la fotografía se ven rectas. Aunque el pelo está rizado, tal como lo recuerda. Su madre solía ponerse los rulos mientras preparaba las gachas de arroz para desayunar y se los quitaba y los dejaba en la repisa de la ventana antes de irse a trabajar. *Mi padre tiene la cara ancha que recuerdo. Qué pena que esa mañana se afeitara, se parece a mí cuando fui jefe de propaganda del condado. Y la pluma enganchada al bolsillo de la camisa... recuerdo que me contó que se la había robado a un prisionero de guerra británico en Corea. Se rompió al cabo de un par de años, pero a mi padre le gustaba llevarla en el bolsillo. Mi hermana posa al lado de mi madre. De camino al estudio del fotógrafo, pisé un charco y el agua le salpicó en la falda. El fotógrafo lo limpió y nos puso una maceta delante para tapar los zapatos embarrados.*

Ma Daode sacude la cabeza. *¿Cuánto medían mis padres? ¿Qué longitud tendrían sus esqueletos? Si levanto un Centro de Investigación del Sueño Chino en la plaza Jardín, podré excavar el terreno y volver a buscar sus restos.* Se queda mirando los ojos de su padre y dice: «Me acuerdo del polo de leche que me compraste una vez mientras esperábamos el autobús. ¡Qué rico estaba!». Luego mira a su madre con más atención a través de la lupa y ve la arruga que le une la boca con la barbilla, los dos puntitos de las narinas e incluso las tenues líneas de los párpados superiores. De niño lo que más odiaba que le dijeran era: «Tienes los ojos de tu madre». Pero ahora que la está mirando cara a cara se alegra de encontrar cierto parecido. «Soy tu hijo —le dice—. Ojalá no hubieras dejado este mundo tan pronto. Te añoro. Cuando tenía frío en las manos te las apretabas contra la barriga para calentármelas...».

Derrama una lágrima que cae en la cara de su madre. Ella alarga una mano desde la fotografía, le acaricia la mejilla y dice:

—Qué buen hijo. No te preocupes, no te costará encontrarnos. Sacaré un hueso para señalarte el sitio. Solo tendrás que cavar debajo y sacarnos. Y pídele a tu hermana que nos traiga dos pares de calcetines. Están en el arcón donde te sientas para comer. Por la noche se nos enfrían los pies.

—Como gustes. No quiero olvidaros. Solo quiero borrar los crímenes que cometí y las atrocidades que presencié. El otro día me entristeció mucho ver a tanta gente celebrando el aniversario de las bodas de oro de sus padres.

—Tu padre no te culpa. Sabe que tú solo...

Vibra el móvil. Es un mensaje del maestro Wang: 1 RODA-JA DE JENGIBRE CHUPADA POR UN CADÁVER; 9 CUCHARA-DITAS DE SANGRE DE 9 GATOS NEGROS; 8 LÁGRIMAS DE TUS PROPIOS OJOS; 14 GOTAS DE AGUA DE LA FUENTE AMARI-LLA; 1 RAMITO DE CORAL VERDE; 1 CORAZÓN DE LOBO... Antes de llegar al final, el director Ma levanta la vista y ve que su madre ha vuelto a la fotografía. *¿Ella quiere sus viejos calcetines? ¿Acaso cree que hemos conservado esos harapos sucios? Ojalá no tuviera que olvidar los últimos recuerdos que tengo de ella. Ojalá pudiera desprenderme solo de episodios concretos. El primero que eliminaría sería mi pelea con Yao Jian. De hecho, no nos peleamos solo los dos. También participó un obrero de la fábrica. Cuando blandió la azada para golpearme grité: «Larga vida al presidente Mao», convencido de que iba a morir, pero perdió el equilibrio y cayó a mis pies. También quiero borrar el momento en que les conté a mis compañeros de clase que mi padre tenía una estilográfica inglesa, y lo arrastramos ante una muchedumbre y le chillamos: «¡Confiesa tus crímenes ante el presidente Mao!». Sí, todos esos recuerdos horribles tienen que desaparecer... Con la receta nueva que me ha mandado el maestro Wang... Tendré que viajar al inframun-do a por el agua de la Fuente Amarilla, pero el resto de ingredientes no parecen difíciles de conseguir.*

Ma Daode abre el buscador del móvil y teclea GATO NE-GRO. Descubre que el escritor estadounidense Edgar Allan Poe escribió un cuento titulado «El gato negro» y que EN LA MITOLOGÍA CHINA LOS GATOS NEGROS ESPANTAN EL MAL. PON UN GATO NEGRO A LA PUERTA DE CASA Y TUS HIJOS Y NIETOS NO SUFRIRÁN NINGÚN DAÑO. *¿O sea que los gatos negros alejan a los espíritus malignos? Con nueve gotas de su san-gre, podré recoger agua del inframundo sin correr peligro. Tengo que comprar nueve gatos negros inmediatamente.*

Pero tras revisar otra vez la receta, decide que los elemen-tos «yin» femeninos son demasiado potentes y por tanto bo-rra la sangre de gato y cambia el coral verde por rojo. *Fun-*

cionará. Ahora solo necesita agua de las Fuentes Amarillas. Se recuesta en la butaca de cuero, mira la fotografía del escritorio y se pregunta lo que pasaría si, después de beberse el Caldo de la Vieja Dama, se olvida de quién es. Mira su imagen de la fotografía, de pie delante de su madre, con camiseta blanca y pantalones cortos, y le inunda una oleada de amor. *Perforaré pozos en el suelo para extraer agua de las Fuentes Amarillas, como hacen las empresas que extraen petróleo. Luego montaré una Planta Farmacéutica del Sueño Chino para fabricar el Caldo de la Vieja Dama y pasaré a la historia. Serviré la primera muestra a un voluntario para ver lo que ocurre y después que otros decidan cuánto quieren tomarse en función de lo que quieran olvidar. Le daré el primer cuenco a Yuyu. Estoy convencido de que intenta hundirme.*

El director Ma saca el Registro de Fragantes Bellezas donde ha anotado los nombres de todas las mujeres con las que se ha acostado y empieza a elaborar una lista de conejillos de indias para el Caldo de la Vieja Dama. Pero de repente la imagen de Pan Hua en una calle de Ziyang, perfilada contra un gran cartel, oscurece los nombres de la página... *No, ella no estaba fuera. Ese día llovía y el agua había despegado los carteles, amontonándolos en charcos por las aceras. Solo en la escalera de la Torre del Tambor seguían pegados a la pared. Sí, vi su silueta dentro de la torre. Su mirada recorrió mi cuerpo como un rayo, excitándome tanto que no podía moverme.*

Cuando Ma Daode llegó a la aldea de Yaobang para ser reeducado, no se atrevía a visitar el bosquecillo por si lo acusaban de no trazar una línea clara entre sus padres derechistas y su persona. No fue hasta un año después, al tomar el control los militares y sofocar para siempre las luchas violentas, cuando su hermana y él fueron en busca de la tumba de sus padres. Pero para entonces se habían cavado tantas tumbas que les resultó imposible encontrarlos. En 1976, tras la muerte de Mao y el fin de la Revolución Cultural, muchas familias regresaron al bosquecillo, desenterraron a sus seres queridos, los incineraron y se llevaron las cenizas a casa. Fue entonces cuando se recuperaron los restos de Pan Hua. En la década de 1990 el gobierno prohibió las sepulturas en tierra y las familias que querían sortear el coste de las incineraciones oficiales volvieron a convertir el bosquecillo en un cementerio secreto. Durante la construcción del Parque Industrial de Yaobang, Ma Daode visitaba a menudo las obras con los inversores de Hong Kong y solía preguntarse si no estaría paseando sobre los restos perdidos de sus padres.

De pronto le viene a la cabeza la letra de una canción: *«Quiero al Partido como a mi madre. Mi madre parió mi cuerpo, pero la gloria del Partido me alegra el corazón». A veces los fragmentos que recuerdo del pasado son triviales y mundanos. Pero esta canción tiene un significado especial para Juan y para mí. Durante los primeros meses en Yaobang, solía oírla cantar: «La gloria del Partido me alegra el corazón». Entonces una noche apagué la luz y le susurré al oído: «Soy el Partido, ya verás como mi gloria te alegra el corazón», y nos besamos y ella chilló de alegría.*

¡Maldito Sueño de las Bodas de Oro! Al acordarse del papelón que hizo en la tarima con sus divagaciones de trastornado, golpea la taza de té contra la mesilla y la rompe en mil pedazos que se dispersan por la caja de libros de debajo. Recuerda haber roto un cuenco de la misma manera, hace muchísimos años, cuando fulminó a su padre con la mirada mientras le chillaba: «¡Es lo único que haces todo el día: escribir, escribir, escribir! Te han denunciado por escribir infinidad de veces, pero no paras. Y por tu estúpida tozudez, ¡me han echado de la Guardia Roja!».

El director Ma hojea las libretas donde ha anotado sus aventuras amorosas ilícitas. Una por año, hasta que compró el primer móvil. Encuentra una copia del contrato que firmó con Yuyu, donde confiesa la relación y se compromete a pagarle cien mil yuanes por la virginidad perdida que le servirán para costearse los estudios en el extranjero. El mes pasado Yuyu se despidió del trabajo y abortó, de acuerdo con lo estipulado en el contrato. El director Ma mira con añoranza las huellas digitales rojas de los dos al final de la página, como dos huevos de Pascua minúsculos.

¿Por qué esta generación nunca está satisfecha? Solo la gente de mi edad, que crecimos sin nada, sabemos conformarnos con lo que tenemos. Recuerdo que una mañana durante la Gran Hambruna, cuando vivía con mi familia en Yaobang, engañé a la pequeña Tianmu camino de la escuela para que me diera su última caca de oca tostada. Quería guardársela a mi madre, pero esa tarde de vuelta a casa tenía tanta hambre que me la comí. Sabía a pescado seco. Quería que la probara mi madre porque me había contado que antes de casarse había trabajado para una familia inglesa y se había aficionado a la comida occidental de olores fuertes. A veces, cuando nos hacía suelas nuevas para los zapatos, sacaba revistas viejas para preparar los patrones y veíamos fotografías de jardines extranjeros y fuentes y rubias con vestidos floreados. Nos contó que una vez le había tejido un suéter al joven Henry. Cuando los guardias rojos descubrieron que había trabajado para una familia extranjera, la arrastraron a una sesión de escarnio y la abofetearon con un zapato de cuero. Al volver a casa tenía las mejillas infladas y rojas y sangraba por la comisura de la boca. Siempre había tenido aspecto joven y elegante, vestía bien y se recogía el pelo negro con horquillas blancas. Pero después de aquella noche envejeció de repente.

SI NO TE VEO, LA CHISPA DE MIS OJOS SE APAGARÁ. SI NO TE ABRAZO, EL CALOR DE MIS MANOS SE ENFRIARÁ. HE PAGADO UN DEPÓSITO DE 10.000 YUANES. MÁNDAME MAÑANA OTROS 150.000, POR FAVOR, O NO PODRÉ CERRAR EL TRATO. Este mensaje de Número 8, la azafata del Club Nocturno de la Guardia Roja, primero halaga a Ma Daode, pero luego lo enfurece. *¡Pan Hua de pacotilla! Primero me pide que le pague unos piercings en la nariz y en los genitales. Y ahora quiere que le compre el salón de belleza de debajo de su piso. Dinero... ¡es lo único que les interesa a las jóvenes!*

Su mujer Juan vuelve por fin a casa y dice:

—¡Por lo visto eres una estrella de las redes sociales! La hija de la tía Shu te sigue en Weibo y quiere que le firmes un ejemplar de tu libro.

La tía Shu entra detrás de ella resollando. Lleva zapatos de tacón rojos, un traje flamenco y un gran abanico de seda.

—Sí, mi hija es una gran admiradora tuya, director Ma. ¡Eres un escritor famoso!

—No, en absoluto... Soy un simple funcionario cultural —replica el director Ma, cerrando el cajón.

La hija de la tía Shu es una chica sosa que trabaja en la taquilla de la Torre del Tambor. El director Ma saca un ejemplar de *Moralejas para el mundo moderno* de la caja de debajo, lo abre por la primera página y escribe: TRÁTATE BIEN Y CONOCERÁS LA FELICIDAD SIN IGUAL. Mientras garabatea su firma oye a su mujer apartar con el pie cuidadosamente los trozos de la taza rota y meterlos debajo de las estanterías, fuera de la vista.

EL SUEÑO DE LA TORRE ROJA

Al segundo día de vuelta en la oficina después de su suspensión de dos semanas, el director Ma desenrosca la tapa del termo del Caldo de la Vieja Dama que ha preparado la víspera como buenamente ha podido, bebe un buen trago y luego abre de golpe la ventana y grita que quiere ir volando a la plaza Jardín. Hu lo agarra del cinturón, le advierte de que tenga en cuenta las consecuencias políticas de semejante comportamiento y lo sienta de un empujón en la silla giratoria.

Rápidamente acuden tres guardias que se lo llevan de la Agencia para el Sueño Chino al departamento de seguridad, en la planta baja. El peculiar olor del Caldo de la Vieja Dama se expande por la Casa Blanca y la Puerta de la Paz Celestial y se queda flotando en el ambiente durante días. A raíz de este episodio desafortunado, le diagnostican depresión maníaca y esquizofrenia y le prohíben regresar al despacho. Pero Ma Daode insiste en que está perfectamente y que la pérdida transitoria de la cordura se debió a un error en las proporciones de los ingredientes de la receta del caldo. Promete seguir probando hasta dar con la fórmula correcta, presentar la patente, regresar a la Agencia para el Sueño Chino y comercializar la poción por el mundo con la marca de Sopa del Sueño Chino.

En la prueba de hoy vierte una taza de sangre de gato negro en una botella vacía de Coca-Cola, luego añade un corazón de lobo, una rodaja de jengibre que ha marinado durante una semana en la boca de un cadáver y unas gotas de la nauseabunda agua de la Fuente Amarilla que le compró al maestro Wang por cien mil yuanes. Lo agita y prueba con la punta de la lengua el agrio brebaje. Sabe bien. Ahora solo falta ir al bosquecillo, derramar unas cuantas lágrimas y añadirlas a la botella; después podrá beberse el contenido y ver de qué se olvida. Decide partir de inmediato, pero en cuanto sale a la calle, el día anterior se esfuma de su mente. Aterrado ante de la posibilidad de olvidarse también de quién es, entra otra vez corriendo, escribe MA DAODE, DIRECTOR DE LA AGENCIA PARA EL SUEÑO CHINO en la tapa de una caja de zapatos y se la cuelga al cuello con un cordón. Luego sale otra vez y se pone en camino.

El frío viento de octubre lo inunda de una lúgubre soledad. Intenta recuperar algún recuerdo de esa mañana. *Me he puesto el traje y me he mirado en el espejo mientras me ajustaba la corbata. Es de color rojo sangre. Llevo un zapato negro; el otro es uno de los zapatos bicolores de cordones de mi padre.* Se mira los pies. *Sí, aquí está. Luego Juan, descalza en la cocina, desperezándose, me ha recordado que me tomara las medicinas. ¿Quién se cree que es esa mujer? ¡No pienso tocar las puñeteras pastillas! Después han llamado por teléfono. ¿Era mi hija? No. ¿Era la chica esa, Yuyu, que se fue a la Universidad de Birmingham? No… llamó hace unos días, amenazando con volver el año que viene si no le mando más dinero. ¡Menuda pieza! Con todo, no es tan mala como la agente inmobiliaria esa, Wendi, que me denunció a la Comisión de Asuntos Legales y Políticos. Aunque ya no importa. Cuando mi Sopa del Sueño Chino llegue a las tiendas todos esos que se han reído de mí por el fracaso del Dispositivo para el Sueño Chino van a tener que ver cómo regreso a la Agencia para el Sueño Chino con todos los honores.*

Camina con aire decidido. Ahora que se le ha engordado el culo con la vejez, pisa más firme. De la gente a lo lejos solo distingue una franja de ojos negros que avanza hacia él como una cortina de lluvia. Esta calle, que une el bulevar de la Revolución con la calle de la Torre del Tambor, antes era de adoquines y estaba flanqueada por los tenderetes donde los granjeros de los alrededores vendían sus productos, pero desde que Ziyang alcanzó el rango municipal, se ha ampliado y ahora es una calle concurrida de cuatro carriles que conecta con la autovía provincial. Ma Daode nunca la había recorrido porque el camino al trabajo discurre un poco más al norte. Pero hoy quiere ir al bosquecillo del otro lado del puente de las Urracas y esta es la ruta más corta. Se fija en unos bloques de pisos ruinosos que bordean la calle nueva con los balcones engalanados por la colada de vivos colores brillando al sol. Al girar a la derecha por la calle de la Torre del Tambor, recientemente peatonalizada, ve las farolas de estilo inglés que han instalado en las aceras hasta la torre restaurada del fondo. Observa la neblina que flota por encima de las losas relucientes del pavimento y recuerda que antes los adoquines de este viejo distrito siempre estaban sucios. Ma Daode creció aquí. Por esta calle paseaba con su mujer Juan al anochecer. Nota un picor en la garganta y arranca a cantar un tema militar: «¡Adelante! ¡Adelante! Los soldados marchamos de cara al sol por la tierra de la patria...». Son más o menos las diez de la mañana. La gente come gachas de maíz en las mesas de las aceras; los tenderos descargan cajas de fideos instantáneos y las amontonan delante de los comercios. Un granjero de una mesa cercana le grita al pasar:

—Un poco temprano para salir a publicitar el Sueño Chino, ¿no, director Ma?

Ma Daode mira los dientes de conejo del granjero y contesta:

—Hola, eres Gao Wenshe, ¿no? El que cultiva champiñones en la aldea de Yaobang, ¿verdad? Me recuerdas mucho a tu hermana.

—No tengo hermana, y tampoco existe ya la aldea de Yaobang. —Tiene un grano de maíz amarillo en la comisura de la boca y a juzgar por el pelo aplastado acaba de levantarse.

—Tenías una hermana —replica Ma Daode—, pero durante la Gran Hambruna tu madre pasó tanta hambre que no tuvo más remedio que matarla para comérsela. —Le inunda una oleada de compasión por ese recuerdo suprimido desde hace tanto.

—¡Lárgate, anda! No tengo ni madre ni hermana, ¡y hace meses que los funcionarios corruptos como tú arrasasteis el pueblo para llenaros los bolsillos!

—De verdad, tuviste una hermana. Se llamaba Gao Tianmu. Lo juro por el presidente Mao. —Ma Daode quiere rubricar el juramento con un gesto, pero no recuerda dónde debe colocar la mano derecha.

—¡Que te den! ¡A ti y al Sueño Chino! —grita Gao Wenshe. Luego se levanta de un salto, arranca el cartel que Ma Daode lleva al cuello y lo tira al suelo.

—¡Serás desagradecido! De no haber sido por tu hermana ahora no estarías aquí. Tu madre tuvo que comérsela cuando naciste para poder amamantarte.

Ma Daode recoge el cartel del suelo y sigue su camino hacia la Torre del Tambor. Aunque ha tomado unos sorbos de la Sopa del Sueño Chino, no se han borrado todos los recuerdos de su niñez. La carita de Gao Tianmu, blanca como la cera, sigue grabada en su memoria. Se acuerda de la mañana en que, camino de la escuela, la niña estaba tan hambrienta que se paraba todo el rato a descansar y, aun así, Ma Daode la engañó para que le diera la caca de oca tostada que llevaba en la mano. Como la familia de la niña se había quedado sin comida, la madre había robado los excrementos de las ocas del vecino y los había cocinado en el wok para no morir de hambre.

Aparece ante él una mujer mayor. Ma Daode reconoce a la vieja que habló en la celebración del Sueño de las Bodas de Oro.

—Eres la madre de Pan Hua, ¿verdad? Hoy te veo muy animada. ¿Has venido a comprar algunos productos de la región?

Ma Daode se siente completamente despierto y decide que su Sopa del Sueño Chino activa el cerebro incluso más que el café.

—¿Animada? ¿Qué dices? Estoy muerta —contesta la mujer, mirándolo fijamente a los ojos.

—Entonces habrás bebido el Caldo de la Vieja Dama. ¿Ya has cruzado el Puente de la Desesperanza? Me recuerdas, ¿no? Soy el director Ma.

—Todas las almas de los muertos beben una taza del Caldo de la Vieja Dama antes de cruzar el Puente de la Desesperanza y regresar al mundo mortal. Pero cuando llegué al puente, la Vieja Dama no estaba. En su lugar estaba un viejo amigo del colegio, que me dejó pasar sin beber. Y por eso todavía recuerdo mi vida pasada. He vuelto al Mundo de los Vivos a buscar a la reencarnación de mi hija.

Ma Daode se pregunta si después de todo la azafata Número 8 del club nocturno de la Revolución Cultural podría ser la reencarnación de Pan Hua.

—¿Crees que está aquí, en Ziyang? —pregunta Ma Daode.

—No andará lejos. He averiguado que debe de tener unos cuarenta años. Y sé que la encontraré. —La vieja suena decidida.

—¿Ves esto? —dice Ma Daode—. Lo llamo la Sopa del Sueño Chino. Es una versión mejorada de la receta de la Vieja Dama. Prueba un poco, por favor.

La mujer olisquea la botella y se la devuelve.

—No, gracias. Huele peor incluso que el Caldo de la Vieja Dama.

—Cuando llegue al bosquecillo, le añadiré unas cuantas lágrimas y me la tomaré de un trago y tu hija desaparecerá para siempre de mi mente.

Ma Daode siente una conexión muy fuerte con la mujer y quiere alargar la conversación.

—Veo en tu mirada que tienes una deuda de sangre —dice ella—. No te dejarán cruzar el Puente de la Desesperanza.

Te arrojarán al Río del Olvido y serás un fantasma salvaje toda la eternidad.

La mujer da media vuelta y se aleja.

¿Un fantasma salvaje? Ma Daode no da crédito a sus oídos. *¡Qué injusto! Solo luché en defensa del Pensamiento de Mao Zedong. ¿Cómo puede ser que me castiguen por eso? Cuando nuestra facción de Oriente Es Rojo y una unidad de obreros rebeldes llegamos a la estación de tren tratando de escapar, descubrimos a los chicos del Millón de Osados Guerreros apostados encima de los vagones con dos ametralladoras enormes. Las mujeres y los niños de los obreros rebeldes nos esperaban agazapados en un rincón. En cuanto nos vieron salieron corriendo al andén, y al instante los mataron a tiros. Los niños atrapados en el fuego cruzado se aferraban a las columnas paralizados por el miedo. Nadie se acercó a retirar los cadáveres. Se quedaron allí durante días, inflándose y amoratándose como berenjenas podridas. Quiero borrar todas esas imágenes espantosas de mi cabeza. Pero sobre todo quiero olvidar la vergonzosa traición a mi padre. Cuando vuelva a verlo, me arrodillaré y le suplicaré que me perdone.*

Oye el zumbido de un mensaje en el móvil y desea poder mandarle uno a su padre, aunque sabe perfectamente que en la lista de contactos no hay ningún pariente. Desde que murieron sus padres, su hermana y él no han compartido ni un solo Año Nuevo. *Mi hermana se metió un ejemplar de la Antología de Mao Zedong en la bolsa, reunió las cuatro pertenencias que no habían quemado los guardias rojos y les prendió fuego en el patio de atrás. La carta que nos había dejado nuestra madre estaba escrita en tinta verde. Tenía una caligrafía delicada, inclinada a la derecha, mientras que la letra de mi padre cargaba a la izquierda. A los pocos meses de enterrarlos, mi hermana se mudó a la provincia de Xinjiang.*

OJALÁ FUERA TU MÓVIL: PEGADO A TU PECHO, CONTEMPLADO POR TUS OJOS, ANHELADO POR TU CORAZÓN. *¿Quién lo ha enviado?,* se pregunta Ma Daode. *¿Ha sido la mujer que eligió la música para el vídeo promocional del Sueño*

Chino? En cuanto borra el mensaje, la mujer se evapora de su memoria.

Ve a su derecha el supermercado Familia Rica, recién construido. Los leones de piedra que flanquean la entrada aportan un toque antiguo a la edificación moderna. Ocupa el lugar donde estaba la casa de su familia. Ma Daode vino el mes pasado después de que la derribaran para ver cómo levantaban el supermercado. Se fija en que han abierto una Tienda de Dumplings de Qingfeng en la planta baja. *Yo dormía en una habitación que estaba justo donde ahora está la tienda de dumplings, en una cama de hierro forjado encarada al sur. Vivíamos en una casa de ladrillos grises de dos plantas. La puerta principal y las ventanas estaban pintadas de rojo oscuro. Al volver del trabajo mi padre solía sentarse en un taburete en el patio delantero a leer el periódico y solo entraba en casa cuando encendíamos la luz y empezaban a acosarle los mosquitos. Era una casa húmeda, con las ventanas demasiado altas. Cuando cerrábamos la puerta de entrada, no se veía nada. Solo cuando mi madre ponía agua a calentar en la estufa y llamaba a mi padre el salón resultaba un poco más acogedor. Cuando mi padre pasó de jefe del condado de Ziyang a derechista condenado, tuvimos que dividir la casa y compartirla con otras dos familias. Mis padres prepararon un dormitorio en el desván de nuestra porción de casa para mi hermana y para mí. Nos encantaba nuestra casa nueva más pequeña, donde los cuatro nos chocábamos constantemente yendo de un lado para otro. Ahora la consigna* LARGA VIDA AL MARXISMO-LENINISMO *que pinté en la pared del salón se adivina por encima del escaparate de la tienda de dumplings. ¿O me engaña la vista? Cuando los guardias rojos entraron en casa por la fuerza, pusieron a mis padres de cara a la pared, con la cabeza agachada. Los zapatos cosidos a mano que calzaban mis padres desentonaban en la atmósfera de terror.*

Yo corrí de un lado para otro enseñándoles a mis compañeros de la Guardia Roja dónde escondían mis padres sus pertenencias burguesas. Song Bin, que vestía un uniforme de faena caqui con un brazalete rojo, bajó a rastras la maleta de cuero de mi madre del desván y la abrió de una patada, del interior cayeron las reliquias de la vieja sociedad: un qipao de seda, unos zapatos de tacón, un collar, una pulsera y un bolso de mano bordado en oro. Los enfurecidos guardias rojos le arrojaron los objetos incriminatorios a mi madre mientras le gritaban: «¡Destruye las viejas ideas, la vieja cultura, las viejas costumbres, los viejos hábitos! ¡Abajo los Cuatro Viejos, arriba los Cuatro Nuevos! ¡Elimina la ideología reaccionaria!». Pero entonces abrieron de una patada la otra maleta de cuero y sacaron el álbum familiar, y de entre sus páginas cayó una vieja fotografía de mi madre con la familia inglesa para la que había trabajado.

Al segundo los oí aullar: «¡Abajo la espía Zhu Mei!» y me explotó la cabeza. Sabía que estaba perdido. Saquearon nuestro hogar en un ataque de furia, tiraron a la calle todo lo que encontraron y le prendieron fuego. Yo, para demostrar mi compromiso revolucionario, busqué entre las botellas de pesticidas, las lámparas de parafina, los espejos y los calzadores y rescaté de las llamas un panfleto ciclostilado de las políticas del presidente Mao y el primer boletín de la Escuela de Secundaria Sol Rojo que me había dado Song Bin, me los guardé con cuidado en la bolsa y me alejé de allí ante las miradas de desprecio de vecinos y compañeros de clase. Ser hijo de un derechista era malo, pero ser hijo de una agente de los imperialistas occidentales era imperdonable.

Me expulsaron de la Guardia Roja a la mañana siguiente. Pero no desesperé. Al contrario, decidí aprenderme de memoria las Citas *de Karl Marx y comprometerme todavía con mayor celo con la revolución. Cuando Oriente Es Rojo me acogió bajo sus alas, corté toda relación con la familia y consagré todo mi ser al presidente Mao. Aunque de vez en cuando me escabullía de vuelta a casa para comer un poco y dormir una noche de un tirón, no volví a dirigirles la palabra a mis padres, ni siquiera la última noche que pasamos juntos, justo antes de que se suicidaran.*

Los transeúntes empiezan a rodear a Ma Daode y a señalarle. «¿Está yendo a la Agencia para el Sueño Chino a elevar una petición?», pregunta un hombre a los demás. El guardia jurado del supermercado apostado junto a un león de piedra le dice: «Si quieres comprar algo entra, pero no te quedes ahí, que bloqueas la entrada».

Ma Daode señala la vieja placa de piedra de encima de la puerta y grita:

—¡Retirad inmediatamente ese artefacto feudal! ¡Eliminad las viejas ideologías y costumbres de la clase explotadora!

Agitado, se mira el cartel que tiene en la mano y le recuerda que es Ma Daode, director de la Agencia para el Sueño Chino. *Pero ¿qué Ma Daode soy?* Tras un breve titubeo, vuelve a colgarse el cartel del cuello.

Song Bin sale de la tienda de dumplings y comenta:

—¿Qué? ¿Has venido a «mezclarte de incógnito con las masas», amigo? ¡Genial! Entra y prueba los dumplings del presidente Xi.

El director Ma no tiene más remedio que estrecharle la mano.

—Tu mujer ha tenido vista al abrir una franquicia justo aquí y justo cuando empieza la era del Sueño Chino. Espero que tenga éxito.

—¿Crees que Hong ha abierto este lugar? ¡Mi mujer no tiene ni idea de negocios! La verdad es que con la de funcionarios corruptos y mujeriegos que han pillado últimamente, me pareció más seguro adelantar la jubilación. ¡Así que esta tienda de dumplings es mi pequeña escapatoria! Pero a ti te ha ido bien, Daode. De toda la Escuela de Secundaria Sol Rojo eres el que ha llegado más alto. No puede haber sido fácil. Hoy en día hay un sinfín de normas que acatar, ¿verdad? ¡Tanto papeleo!

Song Bin le lanza una sonrisa cómplice y de pronto Ma Daode comprende que quiere sacarle algún favor. *Qué listo es el cabrón. Quiere que le quite de encima a algún departamento del gobierno, seguro. Siempre mirando por lo suyo. Durante la lucha violenta evitó casi todas las batallas más sangrientas refugiado en el cuartel general del Millón de Osados Guerreros, ciclostilando los informes semanales.*

—Medré, es cierto, pero no duró mucho —replica Ma Daode—. Como un cangrejo vivo en el agua hirviendo: en cuanto enrojecí, me morí.

Dentro de sus bolsillos, Ma Daode agarra el móvil con la mano izquierda y la botella de Sopa del Sueño Chino con la derecha. Se muere de ganas de alejarse de su antiguo condiscípulo.

—Todo el mundo tropieza de vez en cuando —continúa Song Bin—. Acuérdate de tu padre: solo porque llevaba el mismo corte de pelo que el presidente Mao, los guardias rojos lo acusaron de intentar suplantar al Gran Timonel. Le afeitaron la cabeza y lo obligaron a desfilar por Ziyang. Recuerdo que le hicieron marchar a la fuerza por esta misma calle. Yo estaba entre la muchedumbre que gritaba: «Si Ma Lei no confiesa su crimen, lo destruiremos». Cuando tenga ocasión debería reflexionar sobre aquellos tiempos. En fin, parece que la Agencia para el Sueño Chino avanza a pasos agigantados. Tengo entendido que controla las webs y las plataformas de redes sociales. Se diría que Hu está haciendo un buen trabajo en tu ausencia.

—Saqueaste nuestra casa, Song Bin —le dice Ma Daode, mirándole fijamente a la cara de mono—. Aquí mismo, justo donde nos encontramos. Perseguiste con tanta dureza a mis padres que se suicidaron. Tu Millón de Osados Guerreros asesinó a trescientos miembros de Oriente Es Rojo. Esta calle era un río de sangre. ¿Es que lo has olvidado todo?

—¡Pero Oriente Es Rojo mató a quinientos de los nuestros! Y recuerda que fuiste tú quien nos mandó a registrar tu casa. Nos guiaste hasta allí. Juro por el presiente Mao que yo jamás he matado a nadie. A nadie.

Cuando Song Bin cierra la boca, le desaparecen los labios.

—En Ziyang murieron mil personas. Los dos combatimos. Ahora no vengas con que no tienes las manos manchadas de sangre. El día que atacamos la oficina general de correos, ¡le clavaste una horca a un tal Zhao Yi! —Ma Daode se da un puñetazo en el pecho para mostrar por dónde Song Bin le clavó la horca a su víctima. Para finiquitar la conversación, añade—: ¡Va, suéltalo! ¿Qué departamento te busca las cosquillas? ¿Industria y Comercio, Seguridad Pública, Prevención de Incendios...?

—Pues mira, resulta que es tu Agencia para el Sueño Chino. Los administradores de internet han encriptado lo que soñé anoche. Acabo de pedirles que me dejen acceder a mi sueño, pero no quieren. Dicen que es un sueño de la Revolución Cultural.

—No te negarían el acceso solo por eso —replica Ma Daode—. Habrás dicho algo que les ha molestado.

—Bueno, les he dicho que tengo la misma edad que el presidente Xi. Les he dicho que el presidente y yo fuimos guardias rojos de la Revolución Cultural y nos deportaron juntos al condado de Yanhe...

—¡Ah! ¡Pues claro! ¡Te han etiquetado como «guardia rojo con exceso de celo»! Mezclar al presidente Xi en tus asuntos... ¡hay que tener redaños! Si no hubieras trabajado tantos años para el gobierno estarías metido en un buen lío. ¿Qué pasa contigo? Ya te has retirado, ¡y aún no sabes comportarte!

Recuerdo la mirada de odio de Song Bin cuando aterrorizaba a nuestros maestros. Abofeteó tan fuerte a la profesora de matemáticas que sonó como si aplastara una mosca contra la pared. A la mujer se le puso la mejilla de color púrpura. Ma Daode mira el eslogan nuevo que han pintado en la pared exterior del supermercado: EL PARTIDO COMUNISTA ES BUENO, ¡LA GENTE ES FELIZ!, y descubre, pintado debajo, otro más viejo: ¡BATALLA HASTA EL FINAL PARA PROTEGER LA LÍNEA REVOLUCIONARIA DEL PRESIDENTE MAO!

—Pronto se habrán erradicado todos los sueños de la Revolución Cultural —continúa Ma Daode—. ¿Ves esta botella de Sopa del Sueño Chino? Si sale todo según lo planeado, el nuevo Sueño Chino eliminará y reemplazará las pesadillas que nos torturan. Tú y yo podremos olvidar las penas pasadas,

¡y forjarnos un nuevo futuro! —Se aleja, pero echa la vista atrás y añade—: En el cole te regalé dos sellos de la amistad sino-soviética. En el de veintidós céntimos salía la cara de Stalin. Hoy tiene que valer una fortuna.

Indignado porque no ha querido ayudarle, Song Bin pone los brazos en jarras y grita:

—¡Qué buena memoria tienes! Ven luego a comerte unos dumplings de Xi y tendremos una conversación como es debido.

Ma Daode ve un triciclo con carrito aparcado cerca de la Torre del Tambor. Se acerca y le dice al propietario:

—El presidente Mao nos ordenó pelear con palabras, no con armas. Rápido, descarga todos esos ajos tan peligrosos y distribúyelos entre las masas.

—¿Qué te crees, que eres policía municipal? —se mofa el campesino—. Tú no me mandas. Si quieres ajos, van a veinticinco yuanes la cesta. Se cultivan para exportarlos a Corea del Sur. Cien por cien ecológicos. Y si no quieres nada, aire.

—¿No sabes quién soy? ¡Eso lo he hecho yo!

Ma Daode señala al vídeo publicitario del Sueño Chino que pasan en la pantalla gigante de la Torre del Tambor. En ese instante aparece su amante Claire, la joven emprendedora, levantándose de la cama vestida con un camisón rosa para abrir la ventana y contemplar el cielo azul.

—Calla, sucio mendigo… eres una vergüenza para la ciudad —le dice el campesino, apartándolo a empujones; luego escupe la colilla al suelo y la aplasta con el zapato.

El director Ma se siente atrapado entre sus dos yoes. Da igual que hable por el de la izquierda que por el de la derecha, nunca da con las palabras adecuadas. Se dirige a la Torre del Tambor. Todavía no han abierto la taquilla. Sin pensar, cruza las puertas abiertas y sube despacio por la escalera de madera.

Cuando llega al balcón de la torre, se asoma a contemplar la ciudad. Ve que casi toda la parte vieja se ha convertido en una masa de edificios altos. Hace años que demolieron el Monumento a la Revolución, el hospital del condado y el Palacio Cultural. Lo único que permanece inalterable es el río Fenshui, que fluye lentamente en paralelo a la vieja carretera del oeste. *¿Por qué se suicidaron mis padres?* Sopla una brisa suave que levanta algunas hojas de la plaza. El director Ma se mira el zapato de cordones bicolor del pie derecho. *Estos zapatos son lo único que heredado de mi padre. ¿Por qué llevo solo uno? Recuerdo el día que pintaron en la torre el trascendental eslogan de Mao:* HACER LA REVOLUCIÓN NO ES UN CRIMEN; REBELARSE ESTÁ JUSTIFICADO. *Saqué el cuaderno y lo copié fielmente. En los meses siguientes denunciaron y apalearon a mi padre en incontables ocasiones, pero por la misma situación pasaron millones de personas que consiguieron no perder la esperanza. La noche que me mandaron llamar, ¿por qué no nos advirtieron a mi hermana y a mí de que pensaban suicidarse? Por supuesto, mi padre nunca se recuperó del dolor que le causó que avisara a los guardias rojos para que saquearan nuestra casa...* A Ma Daode le remuerde la conciencia. Le gustaría poder ir a ver a sus padres y abrazarlos.

El teléfono del bolsillo vibra. Es un mensaje de su hija: DEBERÍAS INVITAR A FAMILIAS BRITÁNICAS A CHINA Y MANDAR A GRAN BRETAÑA A FAMILIAS CHINAS PARA INTERCAMBIOS CULTURALES. APORTARÍA MUCHO MÁS A AMBOS PAÍSES QUE LAS APRESURADAS VISITAS A LOS MONUMENTOS TURÍSTICOS HABITUALES... Le aconseja montar una agencia de viajes y poner en marcha la idea. Ma Daode se pregunta si los intercambios pertenecerían al Sueño Chino o al Sueño Británico. Se fija en que la gente de la plaza lo está mirando, o quizá miren hacia la pantalla gigante de debajo del balcón. Cuando la Agencia para el Sueño Chino abrió un concurso para erigir una pantalla gigante en la torre donde emitir películas promocionales y anuncios de interés público, muchos empresarios pugnaron por el contrato, le ofrecieron sobornos en forma de dinero y bellas mujeres, pero Ma Daode los rechazó y adjudicó el proyecto a su amante más longeva, Li Wei, que de hecho era la mejor candidata puesto que ya tenía la torre alquilada.

—¿Has subido a suicidarte? —grita un guardia de seguridad voluntario ya mayor con un brazalete rojo en el brazo izquierdo—. ¡Baja ahora mismo!

—¡Mirad! —chilla Ma Daode, encaramándose al borde almenado del balcón y señalando el cartel que le cuelga del cuello.

Empieza a juntarse gente que comenta la situación:

—Seguro que es un trabajador inmigrante tratando de sacar algo de dinero.

—No, será un campesino que no quiere que las autoridades derriben su casa.

—Deberíamos llamar a la policía. Está alterando el orden público.

El vendedor de ajos se acerca y les dice:

—No, es solo un loco que se cree que es un funcionario del gobierno. ¡Eh, tú, idiota! ¡Salta si tienes huevos!

Ma Daode carraspea y se pone a soltar un discurso:

—Camaradas, compañeros de armas, ¿veis este cartel? Lo que dice es verdad, soy el director de la Agencia para el Sueño Chino, un líder del gobierno municipal. Pero hoy quiero hablaros no en calidad de funcionario, sino como ciudadano de a pie de Ziyang. He nacido y crecido en esta ciudad. Durante cuatro años me desterraron a Yaobang, por allí, para que me reeducaran los campesinos. —Ma Daode señala al oeste—. Ahora trabajo en la quinta planta de la enorme sede del Partido y el gobierno. —Señala al norte—. Os preguntaréis qué es esto que tengo en la mano... —Levanta la botella de Coca-Cola.

La muchedumbre grita:

—¡Un cóctel molotov! ¡Corred! ¡Rápido!

—¡No, volved! —replica Ma Daode—. ¡No es una bomba! Es una versión nueva y mejorada del Caldo de la Amnesia de la Vieja Dama de los Sueños, que he bautizado como Sopa del

Sueño Chino. Enseguida vais a descubrir que es capaz de borrar por arte de magia todas las pesadillas y sustituirlas por el Sueño Chino. Sin pastillas ni inyecciones, ni siquiera hace falta el Dispositivo para el Sueño Chino. Un sorbo de sopa y podréis olvidar el pasado…

—Esa cara de sapo la tengo vista… —dice una voz entre el gentío—. Cortó la cinta inaugural de la Compañía Diez Mil Fortunas.

—¿El Caldo de la Vieja Dama de los Sueños? —grita otro—. Eso solo lo beben las almas muertas que necesitan olvidar las vidas pasadas antes de reencarnarse en un nuevo cuerpo. No he oído de ningún vivo que lo haya probado. Va, zumbado. ¡Echa un trago a ver qué pasa!

—Me lo beberé, pero antes de borrar para siempre mi memoria, quiero ver a mis padres por última vez —dice Ma Daode, señalando hacia la plaza Jardín, a unos doce kilómetros de distancia—. Fui un mal hijo que los condujo a la tumba. Pero he cambiado. He cambiado de arriba abajo, por completo, hasta la médula.

—¿Eres el hijo de Ma Lei y Zhu Mei? —pregunta un viejo con gafas—. Eran buena gente. Durante la Revolución Cultural los obligaban a desfilar por las calles a diario.

—¡Sí, es él! El hijo del derechista. Se sumó a Oriente Es Rojo, peleaba con navaja, lanza y pistola además de con los puños y dominaba el kung fu. Una vez lo vi corriendo hacia el cañón de un fusil. ¡No tenía miedo a nada! —El hombre que está hablando lleva un mono azul de trabajo y no tiene cabeza.

Vista la gran cantidad de curiosos que se han reunido en la plaza, Song Bin saca de la tienda varias cestas de dumplings humeantes, las carga en un carrito y, ayudado por su mujer, se pasea entre el gentío voceando:

—¡Probad los dumplings de Xi! ¡Blancos y gordos, suaves y tiernos! ¿Quién se resiste? Solo diez yuanes el par.

—El camarada Chun se presenta, oficial Ma —grita un chico bizco desde la multitud.

Ma Daode baja la vista hacia su viejo amigo y ve que las dos balas que le atravesaron el hombro salieron por la cintura. Debió de ser una ametralladora de gran calibre porque no hay sangre alrededor de las heridas.

—Camarada Chun, cuando te enterramos, te coloqué las dos balas en la mano para que pudieras vengarte en el otro mundo —responde a gritos Ma Daode, notando todo el peso del pasado sobre los hombros. Vuelve a dirigirse al gentío—: Sin la Sopa del Sueño Chino el pasado y el presente se entrelazan en una telaraña imposible de romper. Seguro que todos tenéis recuerdos horribles que querríais olvidar. Bueno, pues si abrís esta botella de sopa, le añadís unas lágrimas vuestras, agitáis bien y bebéis un sorbo, el pasado se borrará tan rápido y definitivamente como un mensaje del móvil. Así que para una vida de felicidad desatada, ¡bebed Sopa del Sueño Chino!

—Ma Daode ve que la plaza de abajo se ha llenado de gente, pero todos tienen el rostro inexpresivo—. ¡Quien quiera probarla gratis que levante la mano! —grita. Se levanta un mar de manos—. Maravilloso. Ahora, pensad en algo triste que os haya ocurrido en el pasado y preparaos para derramar unas cuantas lágrimas.

—Fácil, mi mujer me dejó el año pasado para irse a trabajar a una fábrica en Cantón y se niega a volver —dice un trabajador inmigrante acuclillado en una esquina.

—Yo en mi vida he llorado por nada, pero tengo el corazón rebosante de pena —dice un calvo. Luego aplasta un diente de ajo y lo muerde con un dumpling.

—Un médico de planificación familiar estranguló a mi hijo recién nacido delante de mis narices —dice una mujer con una diadema azul—. Lloré tanto que ya no me quedan lágrimas. ¿Qué hago?

—Pídelas prestadas —sugiere Ma Daode—. Los que tengan lágrimas que se las presten a los que no tienen. Recibiréis la recompensa en la próxima vida. Y ahora viajemos de regreso a la Revolución Cultural y cantemos todos juntos: «Los libros del presidente Mao son mis favoritos. Los leo mil, diez mil veces. Cuando asimilo su profundo significado, el corazón se me ilumina de cálida alegría…».

—Puede que tu corazón se te ilumine de cálida alegría, cabrón, pero el mío es una puta piedra helada. ¡Deja que te lo arranque a ver si está tan caliente como dices!

La frente ensangrentada del chico que acaba de hablar parece una sandía aplastada. Lleva un mono sucio y el brazalete del Millón de Osados Guerreros. Ma Daode lo reconoce, es el chico al que tiró de la azotea de un edificio de una patada. *Sí, le até las manos a la espalda con una cuerda y lo arrojé al vacío de una patada. Volví a casa pisoteando la nieve con sus botas de cuero. La batalla se prolongó varios días. Cuando regresé, al cabo de una semana, me enteré de que habían incendiado la Torre del Tambor con cócteles molotov. El Millón de Osados Guerreros había tomado la torre y cortado las rutas de huida de la ciudad con la ayuda de algunos trabajadores rebeldes de la Fábrica de Maquinaria Agrícola y el Grupo Combatiente Espada Roja. Pan Hua se quedó atrapada en este balcón. Después de que un cóctel molotov impactara contra su pecho, saltó y voló hacia las Fuentes Amarillas con el pelo y la ropa en llamas.*

—Debemos superar el pasado y mirar adelante, adelante. Por eso he preparado esta sopa… —contesta Ma Daode, esforzándose por darle la respuesta adecuada al chico que mató.

—¡Ma Daode, baja y ábreme la puerta! —le grita su amante Li Wei—. Tengo que entrar en la oficina.

Lleva un vestido de lana y botas de cuero altas hasta las rodillas. La larga melena sedosa parece recién salida de la peluquería.

—No le hagáis caso. ¡Esa es del Millón de Osados Guerreros! —grita con dureza Ma Daode.

—¡No finjas que no me conoces! —replica Li Wei, echando atrás el cuello para verle bien—. Soy Li Wei, tu amante más antigua. Baja ahora mismo. Tengo este edificio alquilado y como le pase algo será mi ruina.

La pantalla gigante proyecta una luz azul sobre su aterrorizado rostro.

—Mi amante se llamaba Pan Hua. En lo peor de la lucha violenta, se arrojó de esta torre al grito de «¡Larga vida al presidente Mao!».

—¡Para ya, Ma Daode! —chilla Li Wei, pataleando y gimoteando—. Eres el único hombre con el que he estado en la vida. Deja ya de comportarte como un loco y baja enseguida.

—No te preocupes, no va a saltar —dice una mujer que acaba de comprar ajos y dumplings—. Me ha prometido un trago de Sopa del Sueño Chino para que pueda olvidar las penurias pasadas. ¡Confío en él!

—No eres más que un mocoso, un don nadie de Oriente Es Rojo —grita el chico de la frente ensangrentada—. En cambio, yo soy el oficial de comunicación del Millón de Osados Guerreros. Si no me hubieras tirado de la azotea ahora sería jefe de propaganda de Ziyang.

Ma Daode respira hondo y saborea el delicioso aroma de los dumplings de cerdo y el ajo crudo. *Una gota de vinagre negro y estarían sublimes.*

—Ya me dais todos igual. En cuanto me beba la sopa desapareceréis. Como también desaparecerá ese otro Ma Daode, ¡y por fin seré libre!

Ma Daode se acerca la botella a los ojos e intenta derramar una lágrima, pero comprende que solo podrá llorar cuando vuelva a ver a sus padres.

Su secretario, Hu, lo llama desde abajo:

—Me lo he callado todo este tiempo, pero ahora tengo que confesar. Durante la lucha violenta tu facción de Oriente Es Rojo organizó una exhibición de criminales contrarrevolucionarios. Mi madre fue una de las piezas que expusisteis. La encerrasteis en una jaula de madera durante días y dejasteis que los visitantes le clavaran varas de bambú y le escupieran a la cara. —Señala a una figura fantasmal con melena blanca que está de pie a su lado.

—¡Te reconozco, anciana! —dice Ma Daode—. Trabajabas en la oficina de suministros del condado. Pero ¿por qué eres un fantasma? No te matamos.

Recuerda que era una mujer jovial con el pelo permanentado. Durante una batalla callejera contra la facción rebelde de la mujer, Ma Daode levantó la vara dispuesto a desnucarla, pero sus amigos los rodearon y le dijeron: «No la mates. Oblígala a lamer un cadáver». Así que Ma Daode la arrastró hasta un camarada muerto y la obligó a lamer la sangre del rostro machacado.

—He venido a apoyar a las tropas —dice un adolescente con el pecho acribillado de agujeros de bala—. No te preocupes, no me mataste tú. Estamos todos desesperados por probar la sopa, ¡de modo que calla y deja que la tomemos!

—¿A qué facción perteneces? —pregunta Chun el Bizco, acercándose.

—Soy un guardia rojo de la universidad provincial —responde el adolescente—. Me han destinado aquí a apoyar al Millón de Osados Guerreros.

—¡Hijo de puta! —grita Chun, echándosele encima—. ¡Voy a vengar mi muerte!

Los dos chicos forcejean en el suelo estirándose de la ropa y los pelos.

Ma Daode mira abajo y descubre que una unidad de Oriente Es Rojo se ha apostado a la entrada de la Torre del Tambor para impedir el paso de una banda del Millón de Osados Guerreros. Los dos grupos se encaran, se insultan. Luego Ma Daode mira hacia la plaza y ve que empiezan a llegar miles de guardias rojos de todas direcciones. Atrapada en la marabunta caótica de gente y fantasmas, Li Wei lloriquea:

—¡Prometiste que nunca nos separaríamos, Ma Daode! En todos estos años no he dejado de quererte. ¿Por qué mis muslos blancos y brillantes y el húmedo santuario que flanquean no bastan para que te quedes conmigo?

—Mi corazón pertenece a Pan Hua, pero Pan Hua murió hace muchos años.

Ma Daode mira el océano impenetrable de gente y, con la impresión de que está interpretando un ballet trágico, adopta una expresión de profunda aflicción.

—Pobre Juan, ¡casada con un cabrón infiel como tú! —chilla la mujer de Song Bin, Hong—. ¡Ojalá que esto sea lo último que comas!

Hong coge un dumpling del carrito y se lo lanza a Ma Daode, pero la empanadilla choca contra la pantalla para el Sueño Chino y el jugo sale a chorretones grasientos. En cuanto Song Bin le sujeta las manos para que no lance nada más, Ma Daode le grita desde el balcón:

—¡Tú no pierdas de vista a tu marido, Hong! Revísale los mensajes del móvil.

Acto seguido, Hong se suelta y le da un puñetazo en la cara a Song Bin, después lo persigue entre la gente mientras él trata de escapar.

—¡Mira, soy Pan Hua! —grita Li Wei—. Mi espíritu se ha reencarnado en el cuerpo de Li Wei para poder estar otra vez contigo. Cuando me caí de la torre y me enterraron en el bosquecillo, fuiste el único de la clase que vino a visitar mi tumba. Por eso quiero volver contigo.

En el instante mismo en que estas palabras abandonan sus labios, Li Wei se transforma en Pan Hua, vestida con un uniforme militar desvaído con un pañuelo rojo al cuello. Solo la larga y brillante melena sigue igual.

—Pero ¿recuerdas el panfleto que escribieron los guardias rojos, «Crímenes del derechista Ma Lei, marido de una espía que trabajó para una familia inglesa»? Cogiste uno del montón y lo copiaste palabra por palabra en tu cuaderno. Me despreciabas.

Ma Daode mira hacia la Casa Blanca y la Puerta de la Paz Celestial.

—Solo lo copié para entender mejor a tus padres. Al acabar

comprendí que en el fondo tu madre era una buena mujer y decidí enamorarme de ti.

Desde que Li Wei se ha transformado en Pan Hua, su voz suena más ronca y tiene acento de Sichuan.

—¡Ah, ojalá lo hubiera sabido! —se lamenta Ma Daode—. Ahora entiendo por qué estabas tan desesperada por alquilar esta torre, Li Wei, quiero decir, Pan Hua. Por cierto, te busca tu madre. Me la he encontrado aquí, en la Torre del Tambor, hace nada.

Ma Daode se fija en que la insignia roja de Mao que Li Wei lleva al pecho comienza a hincharse. Nota que le fallan las piernas, hasta el punto de que casi se cae del balcón. A lo lejos resuenan unos gritos beligerantes y Ma Daode ve a un escuadrón de guardias rojos sacar de la vieja oficina general de correos a un grupo de prisioneros con las manos en alto en señal de rendición, y a Tan Dan, el chico de mirada enajenada, blandir una pistola Mauser sobre una barricada de sacos de arpillera, igual que hizo cuarenta años atrás después de ejecutar a los prisioneros en el muelle fluvial de Yaobang.

Pan Hua se une a los otros reclutas de Oriente Es Rojo, que obligan a retroceder a la facción enemiga lejos de la taquilla. Un grupúsculo del Millón de Osados Guerreros corre hacia un lado, se cuela por un hueco de la valla y comienza a formar una escalera humana para trepar por la Torre del Tambor. De la multitud zarandeada se elevan gritos: «¡Largaos de aquí, Millón de Osados Guerreros, cabrones!».

Al ver que vuelcan su triciclo, el vendedor de ajos chilla: «¿Dónde están los municipales, por qué no detienen a estos gamberros?». Un grupo de guardias rojos rodea el carrito de vaporeras de bambú de Song Bin aullando: «¡Los miembros del Millón de Osados Guerreros somos los mejores! ¡Iros a la mierda, cerdos de Oriente Es Rojo!». Luego abren las vaporeras, agarran los dumplings de Xi, con forma de pechos pequeños, y los arrojan contra la pantalla del Sueño Chino. Uno le da a Ma Daode en la comisura de la boca y le cae sobre el zapato bicolor. A lo lejos, Ma Daode distingue un camión del Ejército de Liberación Popular cargado con más guardias rojos y obreros rebeldes avanzando por la calle de la Torre del Tambor. Un clamor ensordecedor de gongs y tambores se funde con los gritos desgarradores de la batalla. Todas las azoteas de los edificios circundantes se han llenado de curiosos. Entre ellos destaca el jefe de propaganda Ding, que agita una bandera roja llameante. Desde los enormes altavoces que flanquean la pantalla gigante de debajo, atruena el nuevo himno del Sueño Chino, cuya letra ha compuesto el mismísimo Ma Daode: «El Sueño Chino es estupendo, estupendo, estupendo...».

Por encima de la cacofonía, Ma Daode chilla:

—¡Compañeros de armas! Con nuestra sangre y nuestras vidas hemos instaurado la nueva era gloriosa del Sueño Chino. Despidámonos del pasado y cantemos al unísono: «La Revolución Cultural es estupenda, estupenda...». Perdón, quiero decir: «El Sueño Chino es estupendo, estupendo...».

Justo cuando se dispone a repetir «estupendo» por tercera vez, ve cómo Song Bin saca a su padre, con una estilográfica inglesa asomando del bolsillo de la camisa blanca y un zapato bicolor de cordones en el pie izquierdo, a rastras de la Tienda de Dumplings de Qingfeng. Un chico bajo y fornido, que Ma Daode reconoce enseguida como Yao Jin, le echa la cabeza a su padre hacia atrás y le arranca un mechón de pelo, luego levanta la mirada y grita:

—¡Como no bajes ahora mismo, Ma Daode, subo a bajarte yo de una patada!

Ma Daode se queda mirando lleno de estupor a Yao Jin, que sangra por la boca con unas tijeras en la mano y un charco de sangre a sus pies, exactamente igual que en la pesadilla que lo persigue noche y día.

De repente Ma Daode lo ve todo negro y empieza a sangrar por todos los orificios del cuerpo. Rápidamente levanta la botella para atrapar algunas gotas carmesíes. Poco a poco nota que el cuerpo se relaja y pesa menos, y una nueva determinación inquebrantable se adueña de su mente. Chilla a pleno pulmón: «¡Larga vida a mi padre! ¡Larga vida a mi madre! ¡Larga vida al Sueño Chino!», y luego agita la botella y con una gran floritura rocía con su contenido al gentío congregado en la calle. Cuando les cae en el pelo la hedionda Sopa del Sueño Chino, algunos lloran, otros ríen y otros se tapan la nariz y salen despavoridos como una colonia de hormigas escapando de un chorro de orina.

El fétido olor de la sopa inunda calles y callejones. Ma Daode sonríe. Aunque él todavía no la ha probado, sus recuerdos ya se han desvanecido y se le ha despejado la cabeza. Aparta la vista del mar de banderas rojas y mira al frente. La gente sigue lanzándole dumplings, pequeños y blandos. Pero cuando entran en su campo de visión, lo único que ve Ma Daode son suaves nubes blancas girando en el cielo azul. Todo parece limpio y puro. Ma Daode está seguro de que la escena celestial que contempla es el Sueño Chino del presidente Xi Jinping. Reúne hasta la última pizca de energía que le queda y tira el móvil que no para de vibrar y, con la gracilidad de un bailarín, salta desde el borde del balcón y vuela hacia arriba y hacia delante, hacia un radiante y hermoso futuro.

A PROPÓSITO DE LA PORTADA

Cuando en 2011 el gobierno chino hizo «desaparecer» al artista Ai Weiwei, en un arrebato de cólera imprimí cientos de fotografías suyas en blanco y negro con el mensaje «Liberad a Ai Weiwei» y, con la ayuda de mi hija de cinco años, las esparcí por su instalación de girasoles que en ese momento exponía la Tate Modern londinense, de suerte que la Sala de Turbinas quedó alfombrada con su cara. Hace tres años, mi hija y yo lo conocimos en su exposición en la Royal Academy de Londres. Cuando mi editor británico me pidió ideas para la portada de este libro, enseguida pensé en el bosque monumental de árboles muertos que se levantaba a la entrada de aquella exposición. Me recordó al sauce nudoso bajo el que yacían enterrados los padres de Ma Daode. Las ramas desnudas, retorcidas, parecían transmitir al mismo tiempo la misión totalitaria de suprimir el pasado y la tenaz insistencia personal en recordar. Cuando volví a coincidir con Ai Weiwei en Berlín, donde vivo desde hace un año, le pregunté si podía utilizar una fotografía de los árboles, pero él se ofreció a diseñar toda la portada. La obra de arte que ha creado supera con creces cualquier cosa que yo hubiera imaginado. En las ramas rotas veo la brutalidad de la autocracia, la fragmentación del yo y el anhelo de libertad del alma humana. Resume cuanto intentaba contar con *El Sueño Chino*. Me siento profundamente honrado y agradecido de que Ai Weiwei haya regalado al libro una imagen tan potente y hermosa.

Papel certificado por el Forest Stewardship Council®